★英語詞彙★
語意邏輯
解題法

莫建清、楊智民、陳冠名

合著

晨星出版

莫建清 字彙修辭權威大師

美國羅徹斯特大學（University of Rochester）語言學博士。國立政治大學英文系專任教授職退休，專長「構詞學」、「英語字源學」、「構詞學與英語教學」等。主編《三民實用英漢辭典》、《三民精解英漢辭典》。

楊智民 格林法則研究專家

國立員林家商應用英語科主任。著有《心智圖單字記憶法》、《格林法則單字記憶法》、《音義聯想單字記憶法》等。曾任國家教育研究院教科書審查委員，並參與三民版 108 課綱普通型高中、技術型高中教科書撰寫。設計 Word Up 線上動畫課程「字根字首魔法學院」，致力於推廣數位化教材。

陳冠名 字根首尾分析神人

國立員林崇實高工英文科教師。著有《我的第一本格林法則英文單字魔法書》、《格林法則秒殺解字單字記憶法》等。曾任台師大心測中心基測試題命題委員，並曾參與三民版高中英文教科書電子書撰寫。

黃怡君 影片教學

美國私立賓州大學（University of Pennsylvania）英語教學碩士，國立員林農工英語教師。曾參與三民書局技術型高中英語自學手冊與題庫之撰寫。

目次

^{Chapter} 4

認識並列結構：**AND** 型

^{Chapter} 5

認識修飾語結構：**MODIFIER** 型

Chapter 6

解題法的應用：談篇章結構

給讀者的話

　　研究閱讀的知名學者 Goodman（1967）所提出的觀點是：「閱讀是一種心理語言的猜測遊戲。（Reading: A Psycholinguistic Guessing Game）」閱讀者在閱讀過程中運用自身的背景知識去猜測、推理和詮釋閱讀的字句或篇章。人類大腦在閱讀時會根據眼前所見和已有的知識進行詮釋，以一個心理學中著名的例子為例：

　　我們橫向看這張圖時，一般人會不加思索地認為看到了 ABC。然而，我們垂直看時，所有人都會說看到的是 12、13、14。為何在垂直看時，原本的 B 變成了 13 呢？這是因為人們會根據語境和個人的知識去猜測：當我們橫向看時，在 A 和 C 之間，自然地填入 B。而當我們垂直看時，在 12 和 14 之間，也自然地填入 13。換言之，無論是 B 還是 13，都是根據語境和讀者的背景知識做出的判斷，這充分證明了閱讀是一個極度複雜的心智過程。

有一則在網路上廣為流傳的話，也展現了閱讀文字對人腦的複雜挑戰：「研表究明，漢字序順並不定一影閱響讀。」初看這句話，很多人不易察覺其字詞次序之誤。心理學家陳慶榮指出，人眼閱讀文字並非逐字掃描，而是整片區塊進行視覺掃視。對於熟悉的句子，人們在把握結構後，能夠「腦補」出正確的形式。值得注意的是，這種「腦補」非胡亂臆測，而是基於特定語境和上下文的環境。然而，這類現象僅存在於已接觸過的內容中，若牽涉新領域，由於聯想的「材料」不足，讀者則需逐字閱讀，甚至反覆閱讀才能完全理解。

以上兩個實例充分展現閱讀是一種複雜的心智活動。在解題時，考生需仔細觀察填空句，基於語意邏輯尋找適當線索，推論可能的正確解答，最後將解答融入上下文中以驗證所猜的是否正確。美國英語教學界流行這句話：「卓越的語言學習者也是卓越的猜測者。他們不斷尋找意義的線索，熟練地運用這些線索作出合理的推測。舉例來說，涉及猜測的成功閱讀理解策略，包括使用單詞周遭的語境和使用語法線索來確定生詞的含義。（Good language learners are good guessers. They constantly search for clues to meaning and skillfully use these clues to make reasonable guesses. For example, successful reading comprehension strategies that involve guessing include using the context around the word and using grammar clues to determine the meaning of unknown words.）」

法國哲學家笛卡爾曾說：「許多問題，只需依據常識與邏輯，就能得到正確答案。」可惜，台灣的英語學習者不敢猜，也不擅長猜，過分仰賴翻譯，卻忽視語境的線索，並缺乏邏輯思考的訓練，導致學

習成效不盡理想。若學習者僅仰賴英譯中的解題方式，則每千題需翻譯一千次，每萬題需翻譯一萬次。相對而言，經過語意邏輯解題法訓練過的考生，不論題目如何變化，皆能自信地找出正確答案。因此，閱讀和解決英語詞彙題並非單純死記單字所能達成，對於有效率的學習者而言，閱讀既是視覺的（用眼睛看字），也是非視覺的（用頭腦運用常識與邏輯）。

我們所撰寫的《英語詞彙語意邏輯解題法》能彌補學習者長期缺乏語意邏輯訓練的不足，並具備以下創新的特色：

一、為了讓學習者快速領悟出題的脈絡，掌握快、狠、準的詞彙解題攻略，本書獨創以圖示方式列出解題流程圖，並列出找關鍵詞的祕訣（參見 Chapter 1）。特別強調探究解題語意的邏輯，包括如何透過關鍵詞揣摩句意，準確尋覓線索，並通過上下文語境驗證答案之正確性。根據句子語意及句型結構，本書將詞彙題型歸納為四大類：「But型」、「Because 型」、「And 型」以及「Modifier 型」。讀者一旦辨識出題目所屬類別，即可著手尋找關鍵詞。在尋覓關鍵詞之際，首要任務是找實詞，依序由動詞、形容詞（以及帶有 -ly 之副詞）、名詞展開。在找到可能的正確解答後，將其融入句子，核對是否達意並能承接上下文意符合語境。

二、本書的暖身題和實力驗收涵蓋升大學考試的試題，包括統測、學測和指考等，透過這些精心設計的考題，培養學生的邏輯思維和語文能力，也啟發學生利用既有的資訊去推理猜測未知的訊息，因此把

解題的認知過程分為四個步驟：（1）取樣（2）預測（3）檢驗（4）確認。此外，教學者應了解高品質的測驗具備「回沖效應」（backwash effect），透過這些深入設計的問題，教學者能夠在授課中融入解題訣竅和知識，優化課堂教學，進一步提升學生的語言邏輯，使他們培養解決實際問題的英語能力。學習者秉持這些理念，加倍提升英語能力，面對真實世界時，能運用得體的英語適切表情達意，指日可待。

　　三、本書不僅涵蓋詞彙，還將常見的單字用法和文法修飾的概念整合其中，學習者有了這樣的基礎，無形中提高他們學習閱讀、翻譯、寫作的興趣與成效。過去學習者所學的句型常呈零散狀態，而本書透過四大類型的章節，使學習者能輕鬆找到相關的表達方式。以表示「因果關係」的從屬連接詞為例，其中包括 because、since、as 等，其因果關聯程度由強至弱排列為：because ＞ since ＞ as。此外，在表達「因果」關係時，最常用的對等連接詞為 for（表示「因」）和 so（表示「果」）。學習者詳細閱讀本書中的這些解說，不僅能複習文法句型，還能透過解題實踐，深入理解其背後的道理，帶來極具價值的學習收益。

　　總括而言，本書不僅是一本關於語意邏輯解題的寶典，而且也提供了學生解題所需文法句型的知識。書中所傳授的知識不僅適用於考試，而且也會激發他們運用靈活思維去注意語言與意義之間的關係。儘管內容聚焦於升大學的測驗題目，然其中所介紹的方法和策略，幾乎適用於各類詞彙測驗，包括教育會考、國家考試、教師甄試、多益測驗，以及 GRE 的語文推理測驗等。實如諺語所言：「授人以魚不如授人以

漁」。此外，本書所倡導的語意邏輯解題法，不僅能解決詞彙問題，同樣也適用於解析文章型的題目，如篇章結構測驗，Chapter 6 的〈解題法的應用：談篇章結構〉更將解題焦點由「生詞、片語、句子」擴展至「整段、整篇」，這使得讀者在閱讀過程中不僅要專注於更大的語意單位上，還要注意構成整段或整篇的一系列句子，意義是否相關，前後話題是否呼應，才能進而提升閱讀能力。

我們期望讀者在使用本書時，能體驗到我們不同的想法，至於所談的觀念和方法，在教與學上是否有啟示作用，便端賴學習者評定了。在編寫本書時，我們力求盡善盡美，歷經多次校對，但疏漏、失誤或偏頗之處在所難免，懇請同道先進以及讀者不吝賜教、給予指正，俾於再版時修正。此外，本書有些觀點與例句來自參考書目，附於書末，在此謹向諸作者深表敬意與謝意。

莫建清
楊智民
陳冠名

謹誌

Chapter
1

詞彙語意邏輯解題法

各級考試所測驗的詞彙題，題型千變萬化，不可言喻，但萬變不離其宗，那就是正確的用詞選項原來就在題目上。為讓同學們快速掌握快、狠、準的詞彙解題攻略，先列出解題流程，圖示如下：

解題流程圖（Flowchart of problem solving）

略讀測驗文句，揣摩句意與語意屬性
Skim the context

↓

注意屬於哪一類題型：But 型、
Because 型、And 型、Modifier 型
Identify question types

↓

找出題目中的特殊關鍵詞、轉折詞、同義詞、標點符號等
Look for clues / transitional words /
synonyms / punctuation

↓

直接答題，每題不必花太多時間
Go check answer choices

↓

若找不到適當答案，逐一消去不太可能的答案
Use the process of elimination
to eliminate implausible answers

↓

猜測
Guess wisely

找關鍵詞的祕訣

祕訣1

解題時務必要找出題目中的否定關鍵詞，像是 not, never, seldom, barely, rarely, no, less, without, scarcely, hardly, otherwise, rather than, by no means, anything but, free of 等。

祕訣2

解題時最重要的關鍵詞，就是先找題目中的動詞。若是聯繫動詞（linking verbs）用來連接形容詞、名詞、名詞片語、介系詞片語、名詞子句等，作為主詞補語（subjective complement）以補足主詞意義上不足之處，關鍵詞應落在主詞補語上。

常用的聯繫動詞如下：be, become, get, go, grow, come, turn, run, fall, remain, stay, keep, seem, appear, look, sound, feel, smell, taste 等。

例1

Lucy { is / seems / looks } <u>kind</u>. ▶ 焦點在kind，形容詞用作主詞補語

露西（看起來）很親切。

例2

Lucy { is / becomes } <u>a teacher</u>. ▶ 焦點在a teacher，名詞用作主詞補語

露西是（成了）一名老師。

例3

John remained <u>a bachelor</u> all his life. 約翰終身未婚。

▶ 焦點在a bachelor，名詞用作主詞補語

例4

Roses smell <u>sweet</u>. 玫瑰花聞起來很香。

▶ 焦點在sweet，形容詞用作主詞補語

例5

The leaves are beginning to turn <u>red</u>. 葉子開始變紅。

▶ 焦點在red，形容詞用作主詞補語

祕訣3

　　若「形容詞＋名詞」組合而成的名詞片語擔任主詞補語，則關鍵詞應落在「形容詞」上。

例

Tom is a <u>naughty</u> boy. 湯姆是個頑皮的男孩。

▶ 名詞片語a naughty boy擔任主詞補語，關鍵詞落在形容詞naughty上

祕訣4

　　動詞為句子核心，除主詞（施事者）外，若使用完全及物動詞，其後要接受詞（受事者）；若使用不完全及物動詞（如 call、consider），除受詞以外，還需要受詞補語（objective complement）以補足意義上的不足，這就形成整句語意的焦點，也就成了該句的關鍵詞。句型如下：

$$S + Vt + O + OC\text{-}noun$$

They called the girl <u>Lucy</u>. 他們叫這個女孩露西。

▶ 受詞補語就是語意的焦點

They considered Lucy <u>a good student</u>. 他們認為露西是位好學生。

▶ 受詞補語就是語意的焦點

補語之前若要用介系詞 as，那只能與特定動詞搭配，像是 see, regard, recognize, rate, describe, take, portray, appoint, define, hail, characterize 等，其句型如下：

S + Vt + O + as + OC-noun

▶ 受詞補語就是語意的焦點

因與特定動詞搭配，這種題型，造型亮眼，超吸睛，英語學習者要特別留意。（例子請參見 41 頁例 31、161 頁第 8 題、162 頁第 9 題、167 頁第 15 題。）

祕訣5

若以句中動詞為中心的語意結構不可行時，應立即改成以形容詞為中心，其語境通常有下列二種，都以形容詞為解題的關鍵詞。

❶ be + adj.
❷ adj. + N

be 動詞雖然屬於高頻率的動詞，但語意模糊，隨文而變，不列入關鍵詞。

祕訣6

　　句中沒有形容詞為中心的語意結構，但有形容詞後面加 ly 組成的副詞，其後接形容詞、現在分詞或過去分詞，可列入解題的關鍵詞，其句型如下：

$$\text{adj.} + \text{ly} + \left\{ \begin{array}{l} \text{adj.} \\ \text{participle} \end{array} \right\} \quad \text{例子請參見23頁第2題、48頁第5題、167頁第16題、171頁第20題。}$$

祕訣7

　　only 與 even 都是解詞彙題的關鍵詞，要注意它們在句中的位置，因不同的位置會產生不同的句意。

例1

<u>Adults</u>　<u>can swim</u>　<u>in the river</u>　<u>in the morning.</u>
　S　　　V　　adv. ph (place)　adv. ph (time)

大人早上可在河裡游泳。

說明

　　副詞 only 可插在上句中四個不同的位置，句義取決於組成成分之間的語意搭配。

❶ <u>Only</u> adults can swim in the river in the morning.

　▶ only修飾主詞adults，意指「只有大人可以游，小孩不行」

❷ Adults can <u>only</u> swim in the river in the morning.

　▶ only修飾動詞swim，意指「大人只可游泳，不可釣魚」

❸ Adults can swim <u>only</u> in the river in the morning.

　▶ only修飾表「地點」的副詞片語in the river，意指「大人只可在河裡游泳，不可在湖裡游泳」

---

❹ Adults can swim in the river <u>only</u> in the morning.

▶ only修飾表「時間」的副詞片語in the morning，意指「大人只可在早上游泳，其他時間都不行」

注意 中文說「只有」，同學常譯成「only have」，如下列：

✗ I <u>only</u> have one son. 【only修飾have】

◯ I have <u>only</u> one son. 【only修飾one】

例2

Robert　was hurt.
　S　　　　V
羅伯特受傷了。

説明

　　副詞 even 意思是「連……，甚至……」，用於強調「沒想到、出乎意外」，可插在上句兩個不同的位置，句義取決於組成成分之間的語意搭配，詞彙學習者有時要融入情境裡，才能領會作者的弦外之音。

❶ Robert was <u>not even</u> hurt. (He was quite all right.)

▶ not even修飾動詞was hurt。語境是：羅伯特騎機車上台北市南京西路，途中不慎跌入天坑，被人救起後，出乎意外羅伯特甚至連受傷都沒有，也就是毫髮無傷

❷ <u>Not even</u> Robert was hurt. (All were safe.)

▶ not even修飾主詞Robert。語境是：羅伯特因小腿關係不良於行，某天在路上突遇地震，不慎跌倒，出乎意外，甚至連羅伯特都沒有受傷，言外之意，其餘的人都安全了

以上❶❷兩例出自金陵（2008:227）。其他的例句和說明，請參見189頁。

祕訣8

　　副詞、副詞片語、副詞子句，如同一般的修飾語，要找出關鍵詞——誰是被修飾者？是動詞，是形容詞或是副詞呢？

祕訣9

　　分詞片語放在句首的位置，修飾句中的關鍵詞：主要句子的主詞（如例 1 的主詞 Ancient Athens），而副詞子句放在句首的位置，則修飾句中的關鍵詞：主要句子的動詞（如例 2 的動詞 is said）。

例1

(Being) known for its early development of the democratic system, Ancient Athens is often said to be the cradle of democracy.

因民主制度早期的發展而聞名，古雅典常常被譽為民主的搖籃。

例2

Because Ancient Athens is known for its early development of the democratic system, it is often said to be the cradle of democracy.

因民主制度早期的發展而聞名，古雅典常常被譽為民主的搖籃。

注意

❶ 在統測、學測、指考、教甄、研究所的考題裡，句首的分詞片語的句意幾乎都是表「原因」。

❷ 出現在句首的分詞片語是由副詞子句簡化而成。（詳情請參見 140 頁 ❸ 分詞片語）

❸ 有時分詞片語中沒出現分詞，只見形容詞（如例 1 的 known for），那是因句子簡潔緣故，being 被省略了。

❹ 出現在句中其他位置的分詞片語，大多是由形容詞子句簡化而成，修飾該子句前面的名詞先行詞。（參見 161 頁第 8 題）

　　若有不同認知概念的單詞或片語，隱含負面概念，或隱含「貶」的意味，常加單引號（'＿'）或雙引號（"＿"），照字面意義翻譯成中文需加「」。比如你與對方對 art 有不同認知概念，譯成中文「藝術」，隱含對藝術有貶的意味，如「什麼藝術、爛藝術、藝術個鬼」。

祕訣11

　　這是最後但並非最不重要的一點 (last but not least)，每個應試者牢記所選的詞彙正確答案，一定要以句子語意的相關性為前提，符合題目所設的語境，並非先在四個選項裡挑來挑去，只看表層意思未能探究其深層意義，而挑出「自我感覺良好」的錯誤答案。總之，解詞彙題務必斟酌上下文語境並尋找語境的線索，因而最重要的關鍵詞是線索和語境，掌握這些關鍵詞，考生才能玩弄考題於股掌之間，才能躲開「請君入甕」或「誘人入罪」的困擾答案。

四種類型的題目（four types of questions）

❶ But 型【對比、反義結構（contrast: pointing out differences）】
　▶ 詳情請參閱 Chapter 2
❷ Because 型【因果關係（cause and effect）】
　▶ 詳情請參閱 Chapter 3
❸ And 型【並列結構（equality of ideas）】
　▶ 詳情請參閱 Chapter 4
❹ Modifier 型【修飾語結構（句中帶有修飾語，如形容詞、副詞等）】▶ 詳情請參閱 Chapter 5

Chapter
2

認識對比、反義結構：

BUT 型

暖身題

Choose the answer that best completes each sentence below.

1. **Even though** Jack said "Sorry!" to me in person, I did not feel any _____ in his apology.

   Ⓐ liability   Ⓑ generosity   Ⓒ integrity   Ⓓ sincerity

中譯	即使傑克親自跟我說「對不起！」，我沒有感覺到他的道歉有任何誠意。 Ⓐ 義務 Ⓑ 慷慨 Ⓒ 正直 Ⓓ 真誠
取樣	瀏覽全文，藉標示詞Even though（即使）猜測前後兩句應呈現對比的意義，取樣正面含義的副詞子句中動詞said "Sorry!"（說「對不起！」）以及後半句的否定動詞not feel（沒有感覺）的負面含義。
預測	空格內應填入表示對比said "Sorry!" 的字詞，用來表示儘管已經道歉，但卻沒有感受到任何誠意，通常apology習慣上所搭配的形容詞是sincere，其他的選項無法與apology搭配。
檢驗	將 Ⓓ 選項填入空格中檢驗句意。
確認	瀏覽上下句，整體句意連貫，確認答案為Ⓓ，正確答案就在題目上。

2. Studies show that the _____ unbiased media are **in fact** often deeply influenced by political ideology.

   Ⓐ undoubtedly   Ⓑ roughly   Ⓒ understandably   Ⓓ supposedly

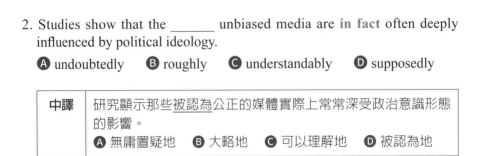

中譯	研究顯示那些被認為公正的媒體實際上常常深受政治意識形態的影響。 Ⓐ 無庸置疑地 Ⓑ 大略地 Ⓒ 可以理解地 Ⓓ 被認為地

取樣	瀏覽全文，藉標示詞in fact（事實上）即可猜測到前後兩部分會呈現相反或對比的意思。在解題時，如果看到adj.+ly + Vp.p.這樣的結構往往是重點，要優先取樣，因此取樣被動動詞are deeply influenced（深受……影響），進一步可取樣負面含義的political ideology（政治意識形態）。此外，也取樣主詞中的名詞片語unbiased media（公正的媒體），和被動動詞are deeply influenced by political ideology（深受政治意識形態的影響」）呈現相反的語意。
預測	填空格時應注意具有負面含義的的字詞deeply influenced by political ideology，這些字詞是用來凸顯正面含義：一般人相信的公正媒體，事實上卻受意識形態左右，預測unbiased前面用副詞supposedly（被認為地）來修飾，選項 **D** 為可能答案。
檢驗	將 **D** 選項填入空格中檢驗句意。
確認	瀏覽上下句，整體句意連貫，確認答案為**D**，正確答案就在題目上。

3. Although Mr. Tang claims that the house belongs to him, he has not offered any proof of _____.

A convention   **B** relationship   **C** insurance   **D** ownership

中譯	（雖然）湯先生聲稱這棟房子是他的，但他並沒有提供任何所有權的證明。 **A** 大型會議　**B** 關係　**C** 保險　**D** 所有權
取樣	瀏覽全文，藉標示詞Although（雖然）猜測前後兩句應呈現對比的意義，取樣副詞子句中的正面含義動詞belongs to（屬於）。值得注意的是，句子中的否定詞，如：not, rarely, never, seldom, less, rather than, without會讓句中的詞句產生相反的語意，必須優先取樣，因此取樣主要子句的否定動詞not offered（沒有提供）。
預測	空格內應填入表示對比belongs to的字詞，正確答案應該是沒有提供「屬於」有關的證據，因此應選和「屬於」語意相近的字，預測選項 **D** ownership（所有權）為可能答案。

檢驗	將 **D** 選項填入空格中檢驗句意。
確認	瀏覽上下句，整體句意連貫，確認答案為 **D**，符合本題的語境。

4. The original budget for my round-island trip was NT$5,000, **but** the
_____ cost is likely to be 50 percent higher.

A moderate　　**B** absolute　　**C** promising　　**D** eventual

中譯	我的環島旅行最初預算是新台幣五千元，但最終花費可能會高出多五成。 **A** 適度的　　**B** 絕對的　　**C** 有前途的　　**D** 最終的
取樣	瀏覽全文，藉標示詞but（但是）猜測前後兩句應呈現對比的意義，取樣第一句中的形容詞original（最初的）。
預測	空格內應填入表示對比original的字詞，正確答案應該跟「最初的」相反，預測選項 **D** eventual（最終的）為可能答案。
檢驗	將 **D** 選項填入空格中檢驗句意。
確認	瀏覽上下句，整體句意連貫，確認答案為 **D**，正確答案就在題目上。

5. Bird flu, a viral disease of birds, does not usually _____ humans; **however**,
some viruses, such as H5N1 and H7N9, have caused serious diseases in
people.

A infect　　**B** inform　　**C** illustrate　　**D** inflate

中譯	禽流感是禽鳥的病毒引起的疾病，通常不會感染人類。然而，有些病毒，像是H5N1和H7N9，已導致人類嚴重的疾病。 **A** 感染　**B** 通知　**C** （以實例、比較等）說明 **D** 使充氣；發生通貨膨脹

取樣	瀏覽全文，藉標示詞however（然而）猜測前後兩句應呈現對照的意義，取樣第二句中的動詞caused serious diseases（導致嚴重的疾病）和第一句的否定詞not（不會）（cause serious diseases in people）。
預測	空格內應填入表示對比caused serious diseases的字詞，caused serious diseases具有「負向」含義，因此前面的句子需要具有「正向」含義，但句中否定詞not（不會）具有「負向」含義，空格內只能填入「負向」含義的詞，「負負得正」，第一個句子才能傳達「正向」含義，因此應選和「導致嚴重疾病」語意相近的「負向」字眼，預測選項 Ⓐ infect（感染）為可能答案。
檢驗	將 Ⓐ 選項填入空格中檢驗句意。
確認	瀏覽上下句，整體句意連貫，確認答案為Ⓐ，正確答案就在題目上。

6. The weather is very hot in summer, **while** in winter it is really _____ .

Ⓐ chilly　　Ⓑ previous　　Ⓒ tropical　　Ⓓ visible

中譯	夏天天氣非常炎熱，而冬天天氣真的非常寒冷。 Ⓐ 寒冷的　　Ⓑ 先前的　　Ⓒ 熱帶的　　Ⓓ 可看見的
取樣	瀏覽全文，藉標示詞while（而、然而）猜測前後兩句應呈現對照的意義，取樣主要子句中的形容詞hot（熱的）。
預測	空格內應填入表示對照hot的字詞，正確答案應該跟「冷的」有關，預測選項 Ⓐ chilly（寒冷的）為可能答案。
檢驗	將 Ⓐ 選項填入空格中檢驗句意。
確認	瀏覽上下句，整體句意連貫，確認答案為Ⓐ，正確答案就在題目上。

7. David's _____ hair color is brown, **but** he recently dyed it purple.

Ⓐ ancient　　Ⓑ historical　　Ⓒ natural　　Ⓓ opposite

中譯	大衛的天生髮色是棕色，但最近他把頭髮染成了紫色。 Ⓐ 古代的　　Ⓑ 歷史的　　Ⓒ 天然的　　Ⓓ 對面的
取樣	瀏覽全文，藉標示詞but（但）猜測前後兩句應呈現對照的意義，取樣後句中的動詞dyed（把……染上某顏色）。
預測	空格內應填入表示對比dyed的字詞，正確答案應該跟「沒有染」有關，預測選項 Ⓒ natural（天然的）為可能答案。natural hair（天然的髮色）代表現在的頭髮沒有染，和後半句語意相反。
檢驗	將 Ⓒ 選項填入空格中檢驗句意。
確認	瀏覽上下句，整體句意連貫，確認答案為Ⓒ，正確答案就在題目上。

8. Rather than giving a clear and precise answer, the mayor made a(n) _____ statement, which dissatisfied the public.

Ⓐ ambiguous　　Ⓑ spiritual　　Ⓒ contagious　　Ⓓ gigantic

中譯	市長並沒有給出清晰明確的回答，而是發出了一個含糊不清的聲明，這讓公眾感到不滿。 Ⓐ 含混不清的　　Ⓑ 精神的　　Ⓒ （疾病）接觸傳染的 Ⓓ 巨大的
取樣	瀏覽全文，藉標示詞Rather than（而不是）猜測逗點前後應呈現對照的意義，取樣Rather than其引導的片語中的形容詞clear and precise（清晰明確的）。原句是：The mayor made <u>an ambiguous statement</u>, rather than giving <u>a clear and precise answer</u>, which dissatisfied the public.

預測	空格內應填入表示對照clear and precise的字詞，正確答案應該跟「不清晰明確的」（not clear and precise）有關，預測選項 **Ⓐ** ambiguous（含混不清的）為可能答案。
檢驗	將 **Ⓐ** 選項填入空格中檢驗句意。
確認	瀏覽上下句，整體句意連貫，確認答案為**Ⓐ**，正確答案就在題目上。

9. Cloning animals has been very controversial. Some people consider it a medical breakthrough, **while** others think it is _____ and should be prohibited.

Ⓐ legitimate   **Ⓑ** inclusive   **Ⓒ** unethical   **Ⓓ** nonmilitant

中譯	動物複製向來爭議不斷。有人認為這是醫學上的重大突破，而另一些人認為不合倫理，應該禁止。 **Ⓐ** 合法的 **Ⓑ** 包含的 **Ⓒ** 不合倫理的 **Ⓓ** 不好戰的
取樣	瀏覽全文，藉標示詞 while（而；然而）猜測前後兩句應呈現對照的意義，取樣名詞片語medical breakthrough（醫學上的重大突破）。
預測	空格內應填入表示對比medical breakthrough的字詞，medical breakthrough具有「正向」含義，後半副詞子句應具有「負向」含義，預測選項 **Ⓒ** unethical（不合倫理的）為可能答案。題目選項legitimate、inclusive具有「正向」含義，故非正解，nonmilitant則與題目無關，若選nonmilitant則是選擇到自我感覺良好的答案。
檢驗	將 **Ⓒ** 選項填入空格中檢驗句意。
確認	瀏覽上下句，整體句意連貫，確認答案為**Ⓒ**，正確答案就在題目上。

10. Jack doesn't look _____, **but** he is, **in fact**, excellent at sports, especially baseball.

Ⓐ athletic   **Ⓑ** graceful   **Ⓒ** enthusiastic   **Ⓓ** conscientious

中譯	傑克看起來不像<u>擅長運動的</u>人，事實上他非常擅長運動，特別是棒球。 Ⓐ 擅長運動的　Ⓑ 優雅的　Ⓒ 熱情的　Ⓓ 有良心的
取樣	瀏覽全文，藉標示詞 but（但是）和in fact（事實上）猜測前後兩句應呈現對照的意義，取樣否定動詞not look (excellent at sports)（不像擅長運動）和excellent at sports（擅長運動）。
預測	空格內應填入表示對照excellent at sports的字詞，excellent at sports具有「正向」含義，前一句應具有「負向」含義，但因句中有否定動詞not look，空格中需填入跟「擅長運動」有關的字詞，預測選項 Ⓐ athletic（擅長運動的）為可能答案。
檢驗	將 Ⓐ 選項填入空格中檢驗句意。
確認	瀏覽上下句，整體句意連貫，確認答案為Ⓐ，正確答案就在題目上。

題型解說

But 型【對比、反義結構（contrast: pointing out differences）】

本章節要介紹的是 But 型，對等連接詞 but 不一定要譯成中文「但是」，連接兩個對等子句時，除了特別短的句子外，通常在第一個句子末尾，也就是 but 前面會加一個逗號（,）表示稍停。

正⊕　　　　　　　負⊖

$$(,) \left\{ \textbf{but} \right\}$$

負⊖　　　　　　　正⊕

說明

表「對比、反義」的 But 型，句子含義會顯示出「正、負」相對的語意屬性，通常有對比關係指的是反義關係。譬如，句中用反義連接詞（adversative conjunction）but，表示連接前後兩個部分的語意是表「對比」或「相反」。換言之，一個是正向意義，另一個必須是負向意義，反之亦然。

例1

John is very <u>poor</u> (負) but (he is) very <u>honest</u> (正).
約翰雖窮，但很老實。

例2

The spirit is <u>willing</u> (正), but the flesh is <u>weak</u> (負).

心有餘而力不足；力不從心。

▶ spirit與flesh：名詞對比。willing與weak：形容詞對比

例3

Speech is <u>silver</u> (正), but silence is <u>golden</u> (負).

說話是銀，沉默是金。

▶ speech與silence：名詞對比。silver（銀，價低）與golden（金，價高）：形容詞對比

例4

He <u>likes</u> (正) classical music, but I <u>don't</u> (負).

他喜歡古典音樂，（但）我可不喜歡。 ▶ 「但」可省略不譯

現再列舉其他這類型的標示詞如下：

· but	· given (prep.)	· A be in contrast to B
· although	· only to	· initially A...eventually B
· in spite of	· except	· formerly A now B
· despite	· whereas	· compare A with B
· for all	· while (=although)	= A be compared with B
· even though	· in fact (=actually)	· once...now...
· even if	· in reality (=actually)	· from A to B
· on the other hand	· in truth	· nonetheless
· on the contrary	(=truly, in fact)	▶ 多用於書面語體
· yet	· in practice	· nevertheless
▶ 多用於口頭語體	(=in reality)	▶ 多用於書面語體

· instead of	· unlike (prep.)	· notwithstanding
· instead (adv.)	· turn (=transform)	(prep., adv.)
· no surprise	A into B	▶ 多用於書面語體
· surprising	▶ A、B不同類	· however
· unexpected	· not A but rather B	· normally (now)
· ironically	· A rather than B	· differ from
· unfortunately	· by contrast /	(=be different from)
· not necessarily	in contrast	· as opposed to
(=not always)	· far from	(=in contrast to)
· the more...the	· apart from	· the other way around
less...	· alternate between	(= the opposite way around
	A and B	= the opposite of what is
	· whether A or B	expected)

例 1

$$\left\{\begin{array}{l} \text{Although} \\ \text{Whereas} \\ \text{While} \end{array}\right\} \begin{array}{l} \text{Mary loses her temper } \textbf{quickly} \text{ (負)}, \\ \text{Peter } \textbf{seldom} \text{ does (正)}. \end{array}$$

瑪莉常勃然大怒，彼得卻很少勃然大怒。

說明

　　從屬連接詞 although 或 though（雖然）引導一個表「讓步」的副詞子句，用於修飾主要子句的動詞（does），讓這兩個子句的語境形成「對比或對照」。

例2

$$\left\{\begin{array}{l}\text{Despite} \\ \text{For all} \\ \text{In spite of}\end{array}\right\} \text{his wealth (正), he is not happy (負).}$$

=Although he is wealthy (正), he is not happy (負).

他雖富有，但並不快樂。

說明

可用對比式的轉折介系詞 despite（雖然、儘管）或介系詞片語 for all 或 in spite of，後面接上受詞來代替連接詞 though 或 although 所引導的副詞子句。

例3

❶ 對等連接詞 but

👎 John was very tired, <u>but</u> he kept on working.

👍 Although John was very tired, he kept on working.

　　約翰很疲倦，但仍繼續工作。

說明

用對等連接詞 but 連接兩個獨立子句，表示兩個子句不分輕重，表達的意思一視同仁。事實上，兩句話的重點在第二句「他仍繼續工作」，因此英譯應以此句為主要子句。

---

❷ 連繫副詞 however

　　a) John was very tired; <u>however</u>, he kept on working.

　　b) John was very tired; he, <u>however</u>, kept on working.

c) John was very tired; he kept on working, <u>however</u>.

d) John was very tired. <u>However</u>, he kept on working.

約翰非常疲倦，然而他仍然繼續工作。

純連接詞（pure conjunction），如 but, and, so 等只能出現在第二句的句首，而連繫副詞（conjunctive adverb）可以移位，可以出現在第二個句子的句首、句中或句尾。兩個句子之間，常用分號（semicolon）或句號（period）隔開，連繫副詞後也常用逗號（comma）。試比較上例 but 與 however。另兩個連繫副詞 nevertheless, nonetheless 的用法與 however 的用法相類似。

例4

✕ <u>Although</u> John was not much interested in music, <u>but</u> he attended the concert.

◯ ❶ <u>Although</u> John was not much interested in music, he attended the concert.

◯ ❷ John was not much interested in music, <u>but</u> he attended the concert.

雖然約翰對音樂沒太多興趣，但還是出席了音樂會。

英文只能有一個主要子句（S+V），所以要遵守「主從分明」的原則。如果從屬連接詞 although 與對等連接詞 but 同時出現，就分不清楚誰主、誰從，所以英文裡不能同時把 although、but 用在同一個句子裡。同理類推，英文裡也不能有 because..., so... 這樣的句子。

例5

John loves crowds; Mary $\left\{\begin{array}{l}\text{, however,}\\ \text{, on the other hand,}\\ \text{, in contrast,}\end{array}\right\}$ is fond of solitude.

約翰喜歡合群，而瑪莉卻喜歡孤獨。

例6

His mood <u>alternates between</u> joy (正) and despair (負).
他悲喜交加。

例7

John's marks, <u>by contrast</u> with Peter's, were excellent.
與彼得的分數相比較，約翰的分數太好了。

例8

John seems to consider the matter trivial; it is, <u>on the contrary</u>, very serious.
約翰似乎認為那事件微不足道，恰恰相反，它是很嚴重的。

注意 切勿混淆on the contrary（恰恰相反）和on the other hand（在另一方面）。

例9

$\left\{\begin{array}{l}\text{Unlike}\\ \text{Contrary to}\\ \text{As opposed to}\end{array}\right\}$ Los Angeles, New York doesn't have earthquakes.

不像洛杉磯，紐約沒有地震。

例10

A habit is not easily shaken off, whether it is **good** or **bad**.

習慣不易改掉，不管是好習慣或是壞習慣。

> **說明**
>
> whether...or... 所引導表示讓步的副詞子句，其意為「不論是否……；不管是……或是……」。

例11

<u>Given</u> their inexperience, they have done a good job.

若考慮到他們缺乏經驗，他們已把工作做得很好了。

> **說明**
>
> Given 作介系詞用，意思是「如果把……考慮在內（if we take into account）」。

例12

If the Taiwan of today <u>is compared with</u> the Taiwan of yesterday, we see what a change we have effected!

今日的台灣和過去的台灣比一比，就可以看出我們已經產多大的改變！

> **說明**
>
> 根據 Strunk & White 編撰的英語寫作教材 *The Elements of Style* 對 compare A with B 所下的定義是：

> "To compare with is mainly to point out differences between objects regarded as essentially of the same order."
> 也就是「比較」或「相較」A、B 間的差異，點出兩者間不同之處。

例13

The research team <u>compared</u> people who were **highly hypnotizable** <u>with</u> those **low in hypnotizability**.

研究團隊比較了容易催眠和不易催眠的兩組人。

例14

New York, which was <u>once</u> a small town, <u>now</u> has eight million people.

紐約過去是個小鎮，如今已有八百萬人口。

例15

While her sister <u>went</u> to Oxford, she now <u>goes</u> to Cambridge.

她姐姐從前到牛津念書，她現在卻到劍橋求學。

說明

while 有對比的意味，可從所使用的時態不同看出（went, goes）。

例16

John hurriedly returned home <u>only to</u> learn that his daughter had just engaged.

約翰匆匆忙忙趕回家，卻發現他女兒剛剛訂過婚了。

例17

<u>Notwithstanding</u> his headache (=In spite of his headache), he continued to work.

儘管頭痛，他仍繼續工作。

說明

　　notwithstanding 多用於書面語體，可以做介系詞，其意為「雖然、儘管」（in spite of）。

例18

Then there is Kopi Lowak (translated as "Civet Coffee"), the world's most expensive coffee, which sells for as much as US $50 per quarter-pound. This isn't particularly surprising, <u>given that</u> approximately 500 pounds a year of Kopi Lowak constitute the entire world supply.

還有Kopi Lowak（或譯成麝香咖啡），這是世界上最貴的咖啡，每0.25磅要價50美元。若考慮到Kopi Lowak每年全球供應量大約只有500磅，這就不會特別令人意外了。

說明

　　given that S + V 中的 given 做連接詞用。given 本是過去分詞，但也可以當作介系詞和連接詞用，意思是「（如果）考慮到（considering a particular thing, or considering that）」，Randolph Quirk、Sidney Greenbaum、Geoffrey Leech 和 Jan Svartvik 所 著的《英語綜合語法》（*A Comprehensive Grammar of the English Language*）舉了幾個例子說明，摘錄如下：

　　Given the present conditions, I think she's done really well.
　　如果考慮到目前的情況，我認為她做得非常出色。

此處的 given 雖是以過去分詞的型態呈現，但用法上卻是介系詞，和一般介系詞用法相同。像 including, excluding, concerning, regarding, considering, given 這種看似分詞的介系詞，具有和一般介系詞相同的語法功能，後面加受詞。這種型態和一般介系詞不同的介系詞叫做「邊緣介系詞」（marginal prepositions）。

Given that this work was produced under particularly difficult circumstances, the reuslt is better than could be expected.
如果考慮到這份工作是在特別困難的環境下完成的，結果比預期的要好。

此處的 given 當從屬連接詞用，引導副詞子句 Given that this work was produced under particularly difficult circumstances 修飾主要子句的形容詞 better than could be expected。

例19

Alan Turing's code-breaking turned the tide of World War II and helped save two million lives. <u>Nevertheless</u>, few people have even heard his name.
艾倫・圖靈的解碼行動扭轉了第二次世界大戰的局勢，挽救了兩百萬條性命。然而，很少人聽過他的名字。

例20

The key to a healthy lifestyle is to keep our stress level balanced. Too much stress will make us cranky and sick. Too little stress, <u>on the other hand</u>, will lead to boredom and low motivation.
健康生活的關鍵是讓壓力保持平衡。壓力太大會讓我們脾氣暴躁、身體不適，反之，壓力太少則會導致無聊和動力不足。

例21

Instead of being hailed as one of the crucial figures in defeating the Nazis, Turing was convicted of "gross indecency."

圖靈並沒有因為身為擊敗納粹的重要人物之一而受到讚揚，反而被判「嚴重猥褻罪」。

例22

Li-Fi allows for greater security on local networks, as light cannot penetrate walls or doors, unlike radio waves used in Wi-Fi.

Li-Fi在區域網路方面有更高的安全性，不像Wi-Fi所使用的無線電波，因為光線無法穿透牆壁或門。

例23

Now France is pushing forward with a novel approach: giving away papers to young readers in an effort to turn them into regular customers.

目前法國正推出一種新奇的方式 —— 贈送報紙給年輕讀者閱讀，試圖將他們轉變成固定的讀者。

例24

People who want to experience an overnight stay in arctic-like cold may try the ice hotel—a building of frozen water. Despite the seemingly unattractive prospect of sleeping in a room at minus 15 degrees Celsius, every year about 4,000 people check in to an ice hotel in a town in Canada.

想要體驗極地酷寒過夜的人可以試一試冰旅館——這是一種用冰打造的建築。儘管在攝氏零下15度的房間裡睡覺似乎不怎麼吸引人，每年還是有約4,000人去投宿加拿大一個小鎮中的冰旅館。

例25

Conventional thinking suggests that what sets a scream <u>apart from</u> other sounds is its loudness or high pitch.

傳統想法認為尖叫聲與其他聲音的差異在於它的高分貝或者高音調。

例26

By the 1780s, this new Parisian "healthy food" craze led to a handful of reputable dining halls, where customers could sit at individual tables and choose from a wide range of dishes. <u>Ironically</u>, the popularity of these restaurants grew at a time when the majority of the French population could not afford bread.

到了18世紀80年代，巴黎這股新吹起的「健康食品」風潮，導致少數幾間信譽良好的食堂興起，顧客可以坐在各自的餐桌，點選各式各樣的菜餚。諷刺的是，這些餐廳普及的時候，大多數的法國民眾連麵包都買不起。

例27

Shoes are hugely important for protecting our feet, especially in places like Africa, where healthcare provision is limited. <u>Unfortunately</u>, shoes are not always readily available for people living in poverty, let alone shoes that are the right size.

鞋子對於保護我們的雙腳非常重要，特別是在像非洲這樣醫療服務短缺的地方。不幸的是，對貧民來說，並不一定有鞋子穿，更不用說合適尺寸的鞋子了。

例28

AD / HD is a neurological disorder which stems <u>not</u> from the <u>home</u> environment, but from biological and genetic causes.

「注意力不足或過動症」是一種神經性疾病，其根源不是來自家庭環境，而是源自生物和遺傳性因素。

例29

<u>In spite of</u> modernization and the increasing role of women in all walks of life, the practice of the dowry in India is still widespread.

儘管印度已現代化而且婦女在各行各業中擔任的角色逐漸增加，但是在印度，嫁妝的習俗仍然很普及。

例30

Good writers do not always write explicitly; <u>on the contrary</u>, they often express what they really mean in an indirect way.

優秀的作家未必會把意思寫得很明確；相反地，他們常用間接的方式來表達他們真正的意思。

例31

Similarly, a woodpecker, when seen near the home, is regarded as a good sign. <u>In contrast</u>, the peacock is not universally seen as lucky.

同樣地，有人在住家附近見到啄木鳥時會將牠視為好兆頭。相較之下，大家並不會全都把孔雀視為吉利的象徵。

例32

Upon the super typhoon warning, Nancy rushed to the supermarket—
<u>only to</u> find the shelves almost bare and the stock nearly gone.

超級颱風警報一發布，南西就趕往超市，卻發現貨架上幾乎空無一物
（bare），幾乎沒東西可買了。

文法解說

❶ Only to + verb 意思是「結果出乎意料；反而；結果卻」。可表
結果，修飾其前的動詞。

例

John studied hard <u>only to</u> fail.
= John studied hard <u>but</u> he failed.
約翰很用功，結果卻失敗了。
▶ only to fail修飾其前的動詞studied的結果

❷ 介系詞upon意思是「（在某事發生時）一……就」，相當於連
接詞片語as soon as。

例

<u>Upon</u> his arrival home, he switched on the TV.
= <u>As soon as</u> he arrived home, he switched on the TV.
他一到家就打開電視。

上下文中的線索

　　英語學習者是否能依據上下文推測出生詞的含義，取決於是否能找出文章中的詞彙或句構所提供常見的線索來幫助理解，而非單靠生詞或單字本身的意思，應以整句或整段的理解為主。這也是英美語言教學專家常說的話：A good reader can often figure out what new words mean by using context.（好的讀者通常可以通過上下文猜測出新的單詞的意思）。

「反義語」的線索（antonym clue）

　　在 But 類型的題目中，句中有些詞義與生詞的詞義相反，常常出現在表對比的連接詞、副詞或介系詞片語之後，提示對比關係，像是 although, but, however, while, by contrast, on the other hand, in contrast，或者在否定詞之後，像是 not, rarely, never, seldom, less, rather than, without, unlike，例如：

❶ Knowledge advances by steps, <u>not</u> by leaps.
知識要循序漸進。

❷ <u>The more</u> haste, <u>the less</u> speed.
欲速則不達。

❸ <u>The less</u> porridge, <u>the more</u> spoons.
粥少僧多。

❹ Deeds, <u>not</u> words.
重行動，不重空言。

❺ Fire and water are good servants, <u>but</u> (they are) bad masters.
水能載舟，亦能覆舟。

❻ His dark brown jacket had holes in the elbows and had faded to light brown, <u>but</u> he continued to wear it.
他的深咖啡色夾克在手肘處有破洞，已經褪色成淺咖啡色，但他還是繼續穿。

> ▶ 此處it指誰？it指的是已褪成淺咖啡色的夾克

❼ What he lacks is <u>not</u> intelligence <u>but rather</u> perseverance.
他所缺的不是聰明才智而是毅力。

❽ Love me little, <u>(but)</u> love me long.
愛我少許，愛我長久。

> ▶ 押 /l/ 韻

──── 「經驗」的線索（experience clue） ────

有時詞彙的搭配（lexical collocation）可以靠英語使用者的生活經驗去推測。例如：

❶ John and Peter went into the Chinese restaurant and a waitress brought them the <u>menu</u>.
約翰和彼得走進中餐廳，有一位女服務生給他們遞上了菜單。

❷ Generally speaking, the weather in Taiwan is hot and <u>humid</u> in summer.
一般而言，夏天台灣的天氣炎熱潮濕。

❸ After checking my throat, Dr. Young <u>prescribed</u> some medicine to me.
檢查完我的喉嚨後，楊醫師開了一些藥物給我。

實力驗收

測驗學生運用英語詞彙的能力,並考查學生學習成效的測驗。

Choose the answer that best completes each sentence below.

1. Despite the language _____, Beatrice has managed to understand what her foreign friend says through hand gestures.

Ⓐ barrier　　**Ⓑ** cushion　　**Ⓒ** defense　　**Ⓓ** exhaust

中譯	儘管有語言障礙,碧翠絲仍然藉著手勢成功理解她的外國朋友說的話。 **Ⓐ** 障礙　**Ⓑ** 墊子　**Ⓒ** 防禦　**Ⓓ** 廢氣
取樣	瀏覽全文,藉標示詞 despite(儘管)猜測逗點前後應呈現對比的意義,取樣動詞understand(理解)。
預測	空格內應填入表示對比understand的字詞,understand 具有「正向」含義,前面由介系詞despite引導的片語應具有「負向」含義,因此空格中需填入一個跟「無法理解」有關,且具有「負向」含義的字,預測選項 **Ⓐ** barrier(障礙)為可能答案。有語言障礙,當然無法溝通,無法理解彼此。language barrier意指「(異邦之間的)語言障礙」。
檢驗	將 **Ⓐ** 選項填入空格中檢驗句意。
確認	瀏覽上下句,整體句意連貫,確認答案為 **Ⓐ**,正確答案就在題目上。
補充	**manage+to V的先設意念含有「積極嘗試(active attempt)」的意思,意指「一定是成功做到了」**。坊間書籍、英漢字典、網路,甚至是大部分的教科書,把它翻譯成「設法」,是常見的錯誤,因「設法」(try to)不一定含有「目的達成」之意。根據《朗文字典》的英英定義**manage + to V: to succeed in doing** something difficult, especially after trying very hard,意思是費了很大的勁才達成目的,主要的意思是「**達成**」、「**辦到**」。 例　How do you **manage to** stay so slim? 　　你這麼苗條到底怎麼辦到的?

補充	**例** The kids **managed to** spill paint all over the carpet. 這些小鬼竟然把油漆／顏料灑得地毯到處都是。
	例 The Doctor said it was a miracle that the pilot had **managed to** steer the plane down at all. 醫生說機師（有可能是在心臟病或中風發作的情況下）還讓飛機降落，堪稱奇蹟。

2. **Instead of** being defeated, the tennis player finally ＿＿＿＿＿＿ the obstacles she faced in the game.

　Ⓐ awoke　　Ⓑ hatched　　Ⓒ overcame　　Ⓓ tickled

中譯	這位網球選手沒有被擊敗，最終反而克服了在比賽中所面臨的阻礙。 Ⓐ（使）醒來　Ⓑ 孵出　Ⓒ 克服　Ⓓ 搔癢
取樣	瀏覽全文，藉標示詞 instead of（代替、而不是）猜測逗點前後應呈現對比的意義，取樣動詞being defeated（被擊敗）。
預測	空格內應填入表示對比being defeated的字詞，being defeated 具有「負向」含義，後半的句子表達「正向」含義，因此空格中需填入一個跟「戰勝、克服」有關，且具有「正向」含義的字，預測選項 Ⓒ overcame（克服）為可能答案。
檢驗	將 Ⓒ 選項填入空格中檢驗句意。
確認	瀏覽上下句，整體句意連貫，確認答案為 Ⓒ，正確答案就在題目上。

3. The skydiver managed to land safely after jumping out of the aircraft, **even though** her ＿＿＿＿ failed to open in midair.

　Ⓐ glimpse　　Ⓑ latitude　　Ⓒ segment　　Ⓓ parachute

中譯	跳傘者跳出飛機後，儘管降落傘在半空中打不開，她還是成功讓自己安全著陸。 Ⓐ 一瞥　Ⓑ 緯度　Ⓒ 部分　Ⓓ 降落傘
取樣	瀏覽全文，藉標示詞 even though（即使）猜測前後兩句應呈現對比的意義，取樣動詞land safely（安全降落）、failed（失敗）。
預測	空格內應填入表示對比land safely的字詞，land safely具有「正向」含義，後半的句子表達「負向」含義，後半句應表達和「無法安全降落」有關的語意，failed具有「負向」含義，空格需填入「無法安全降落之物」，依英語使用者的生活經驗去預測選項 Ⓓ parachute（降落傘）在半空中打不開可能是答案。
檢驗	將 Ⓓ 選項填入空格中檢驗句意。
確認	瀏覽上下句，整體句意連貫，確認答案為 Ⓓ，正確答案就在題目上。

4. People used to think that women were the only ones _____ of taking care of children, **but** actually men can do it as well.

Ⓐ consistent　　Ⓑ sufficient　　Ⓒ capable　　Ⓓ reasonable

中譯	人們過去認為照顧孩子只有女性能勝任，但實際上男性也同樣能夠勝任。 Ⓐ 始終如一的　　Ⓑ 足夠的　　Ⓒ 足以勝任的　　Ⓓ 合理的
取樣	瀏覽全文，藉標示詞 but（但是）猜測前後兩句應呈現對比的意義，取樣men（男性）、women（女性）、助動詞和動詞can do（能夠做）。

預測	空格內應填入表示對比can do的字詞，can do具有「正向」含義，前半的句子先談女性會照顧小孩（can do）但後半的對比句指出實際上（actually）男性也會做（can do it as well（也）），因此空格應填入「正向」的語意的字詞，也就是和can（能夠）的意思相同或相近的字，預測選項 **C** capable（足以勝任的）為可能答案。
檢驗	將 **C** 選項填入空格中檢驗句意。
確認	瀏覽上下句，整體句意連貫，確認答案為 **C**，正確答案就在題目上。

5. Due to the recession, it is not easy for people to get _____ paid jobs, **even if** they are highly educated and well-trained in the field.

A compatibly　　**B** decently　　**C** relevantly　　**D** virtually

中譯	因為經濟不景氣，就算擁有高學歷且在該領域訓練有素的人，也不容易找到薪水優渥的工作。 **A** 相容地　**B** 相當好　**C** 緊密相關地　**D** 幾乎
取樣	瀏覽全文，藉標示詞 even if（即使）猜測前後兩句應呈現對比的意義，取樣否定詞not（不）及「副詞+過去分詞」highly educated（學歷高）、well-trained（訓練有素）。
預測	空格內應填入表示對比highly educated、well-trained的字詞，highly educated、well-trained具有「正向」含義，前半的主要子句需表達「負向」含義，但因句中否定詞not具有「負向」含義，空格需填入「正向」含義的副詞，「負正得負」，主要子句才能傳達「負向」含義，預測選項 **B** decently（相當好）為可能答案。
檢驗	將 **B** 選項填入空格中檢驗句意。
確認	瀏覽上下句，整體句意連貫，確認答案為 **B**，正確答案就在題目上。

6. In most cases, the committee members can reach agreement quickly. _____, **however**, they differ greatly in opinion and have a hard time making decisions.

A Occasionally   **B** Automatically   **C** Enormously   **D** Innocently

中譯	委員會成員往往可以很快就達成共識。然而，成員間的意見偶爾會嚴重相左，難以做出決策。 **A** 偶爾 **B** 自動地 **C** 非常 **D** 無辜地
取樣	瀏覽全文，藉標示詞however（然而）猜測前後兩句應呈現對比的意義，in most cases ≠ occasionally。
預測	空格內應填入表示對比in most cases的字詞，預測 **A** Occasionally（偶爾）為可能答案。have a hard time (= be difficult for someone to do something)（做某事很難）其後接動名詞（Ving），此外hard (=not easy)有負面的涵意。（見64頁第4題）
檢驗	將 **A** 選項填入空格中檢驗句意。
確認	瀏覽上下句，整體句意連貫，確認答案為 **A**，正確答案就在題目上。

7. Steve will quit his job next week. His _____ is completely **unexpected**, especially after his promotion and pay raise two months ago.

A approval   **B** enforcement   **C** resignation   **D** signature

中譯	史帝夫下禮拜要離職。他的辭職毫無預警，尤其是他兩個月前才升官又加薪。 **A** 贊成 **B** 執行 **C** 辭職 **D** 簽名
取樣	瀏覽全文，藉unexpected（出乎意料的）猜測前後兩半應呈現對比的意義，取樣promotion（升職）和pay raise（加薪）。又升官又加薪依工作經驗而言應留職，現卻辭職令人出乎意外。此外，也取樣第一句的動詞quit（辭職）。

預測	空格內應填入表示對比promotion、pay raise的字詞，promotion、pay raise具有「正向」含義，為表達unexpected之義，空格需填入跟quit（離職）語意相關的「負向」名詞，預測選項 Ⓒ resignation（辭職）為可能答案。
檢驗	將 Ⓒ 選項填入空格中檢驗句意。
確認	瀏覽上下句，整體句意連貫，確認答案為 Ⓒ，正確答案就在題目上。

8. The jury spent over five hours trying to decide **whether** the defendant is
_____ or guilty.

Ⓐ evident　　Ⓑ considerate　　Ⓒ mature　　Ⓓ innocent

中譯	陪審團花了超過五個小時，試圖裁決被告是無罪還是有罪。 Ⓐ 顯然的　　Ⓑ 體貼的　　Ⓒ 成熟的　　Ⓓ 無辜的
取樣	瀏覽全文，藉標示詞whether...or...（是否）猜測or前後的格子應呈現對比的意義，取樣形容詞guilty（有罪的）。
預測	空格內應填入表示對比guilty的字詞，guilty具有「負向」含義，前面的空格需表達「正向」含義，預測選項 Ⓓ innocent為可能答案。
檢驗	將 Ⓓ 選項填入空格中檢驗句意。
確認	瀏覽上下句，整體句意連貫，確認答案為 Ⓓ，正確答案就在題目上。

9. May's room is clean and tidy. **In contrast**, her brother's room is in a
_____.

Ⓐ mass　　Ⓑ miss　　Ⓒ mess　　Ⓓ math

中譯	梅伊的房間乾淨整潔。相比之下，她弟弟的房間亂糟糟的。 Ⓐ 大量　　Ⓑ 錯過　　Ⓒ 雜亂　　Ⓓ 數學

取樣	瀏覽全文，藉標示詞in contrast（與……形成對比）猜測前後兩句應呈現對比的意義，取樣形容詞clean and tidy（乾淨整潔）。
預測	空格內應填入表示對比clean and tidy的字詞，clean and tidy具有「正向」含義，後面的句子需表達「負向」含義，空格需填入「負向」含義，預測選項 **C** mess（雜亂）為可能答案。in a mess其意為「一團糟；亂七八糟」。
檢驗	將 **C** 選項填入空格中檢驗句意。
確認	瀏覽上下句，整體句意連貫，確認答案為 **C**，正確答案就在題目上。

10. Gorillas have often been portrayed as a fearful animal, **but in truth** these shy apes _____ fight over sex, food, or territory.

A constantly　　**B** shortly　　**C** nearly　　**D** rarely

中譯	大猩猩常被描繪成一種可怕的動物，但事實上，這群害羞的類人猿很少為了交配、食物或地盤而打架。 **A** 不斷地　**B** 不久　**C** 幾乎　**D** 很少
取樣	瀏覽全文，藉標示詞 but（但是）、in truth (=in fact)（事實上）猜測前後兩句應呈現語意相反或語意對比，取樣fearful（令人恐懼的）和shy（害羞的）、fight（打架）。
預測	空格內應填入表示對比fearful的字詞，fearful具有「負向」含義，後半的句子應表達「正向」含義，shy具有「正向」含義，fight具有「負向」含義，空格需填一格「負向」含義的副詞，來修飾fight這個具有負向含義的動詞，「負負得正」，後半的句子才能表達「正向」含義，預測選項 **D** rarely（很少）為可能答案。每逢考詞彙題，選項中若有否定含義的副詞，要特別注意。
檢驗	將 **D** 選項填入空格中檢驗句意。
確認	瀏覽上下句，整體句意連貫，確認答案為 **D**，正確答案就在題目上。

11. Many people _____ Christopher Columbus with the discovery of America, **but** others question this honor because Native Americans had lived there long before his arrival.

Ⓐ reward　　Ⓑ quote　　Ⓒ define　　Ⓓ credit

中譯	許多人把發現美洲歸功於克里斯多福·哥倫布，但其他人質疑這份榮譽，因為原住民在他到來之前已經在那裡居住了很長一段時間。 Ⓐ 獎勵　　Ⓑ 引述　　Ⓒ 給……下定義　　Ⓓ 認為是……的功勞
取樣	瀏覽全文，藉標示詞but（但是）猜測前後兩句應呈現語意相反或語意對比，取樣後句的動詞question（質疑）。
預測	空格內應填入表示對比question的字詞，question具有「負向」含義，前面的空格需表達「正向」含義，預測選項 Ⓓ credit為可能答案。注意動詞credit的用法： 　　　credit（歸功）＋人＋with（因）＋物 　例　Many people credit John with the invention. 　　　許多人因這個發明而歸功於約翰。
檢驗	將 Ⓓ 選項填入空格中檢驗句意。
確認	瀏覽上下句，整體句意連貫，確認答案為 Ⓓ，正確答案就在題目上。

12. When Jack asked Helen to go to the movies with him, she _____, **but** a few minutes later she finally agreed.

Ⓐ hesitated　　Ⓑ delighted　　Ⓒ commented　　Ⓓ removed

中譯	傑克約海倫和他一起去看電影時，她猶豫了一下，但幾分鐘後終於同意了。 Ⓐ 猶豫　　Ⓑ 使高興　　Ⓒ 評論　　Ⓓ 移開
取樣	瀏覽全文，藉標示詞but（但是）猜測前後兩句應呈現對比的意義，取樣後句的動詞agreed（同意）。

預測	空格內應填入表示對比agreed的字詞，agreed具有「正向」含義，前面的空格需表達「負向」含義如not agreed，預測選項 Ⓐ hesitated為可能答案。
檢驗	將 Ⓐ 選項填入空格中檢驗句意。
確認	瀏覽上下句，整體句意連貫，確認答案為 Ⓐ，正確答案就在題目上。

13. A relief team rescued 500 villagers from mudslides caused by the typhoon, **but** there were still five people who _____ into thin air and were never seen again.

    Ⓐ transformed   Ⓑ survived   Ⓒ explored   Ⓓ vanished

中譯	救援隊伍救出五百名遭到颱風引起的土石流所危害的村民，但仍然還有五個人消失得無影無蹤，再也沒有人見到他們。 Ⓐ 變形 Ⓑ 生存 Ⓒ 探索 Ⓓ 消失
取樣	瀏覽全文，藉標示詞but（但是）猜測前後兩句應呈現對比的意義，取樣前句的動詞rescued（救援）和後句的never seen again（再也沒有人見到），其中never是否定詞。
預測	空格內應填入表示對比rescued的字詞，rescued具有「正向」含義，後面的空格需表達「負向」含義。此外，也可以由and後面的never seen again來推測空格應填入和「再也沒有人見到」語意相關的單字，預測選項 Ⓓ vanished為可能答案。 注意 vainish into thin air意指「消失」。
檢驗	將 Ⓓ 選項填入空格中檢驗句意。
確認	瀏覽上下句，整體句意連貫，確認答案為 Ⓓ，正確答案就在題目上。

14. Although Mr. Chen is rich, he is a very _____ person and is never willing to spend any money to help those who are in need.

Ⓐ absolute   Ⓑ precise   Ⓒ economic   Ⓓ stingy

中譯	陳先生雖然有錢，卻是個小氣鬼，從不願意花錢幫助窮困的人。Ⓐ 絕對的　Ⓑ 精確的　Ⓒ 經濟上的　Ⓓ 小氣的
取樣	瀏覽全文，藉標示詞Although（雖然）猜測前後兩句應呈現對比的意義，取樣前句的形容詞rich（有錢的）和後句的never willing to spend any money（從不願意花錢）。 注意 句中有否定詞never，是取樣的對象（參閱43頁反義語的線索）。
預測	空格內應填入表示對比rich的字詞，rich具有「正向」含義，後面的空格需表達「負向」含義。此外，也可以由and後面的never willing to spend any money來推測空格應填入和「從不願意花錢」語意相關的單字，預測選項 Ⓓ stingy為可能答案。
檢驗	將 Ⓓ 選項填入空格中檢驗句意。
確認	瀏覽上下句，整體句意連貫，確認答案為 Ⓓ，正確答案就在題目上。

15. Selling fried chicken at the night market doesn't seem to be a decent business, **but** it is **actually** quite _____.

Ⓐ plentiful   Ⓑ precious   Ⓒ profitable   Ⓓ productive

中譯	在夜市賣炸雞排好像不是一份體面的生意，但事實上非常賺錢。Ⓐ充足的；豐富的　Ⓑ珍貴的　Ⓒ有利潤的；賺錢的　Ⓓ多產的
取樣	瀏覽全文，藉標示詞but（但是）和actually（實際上），猜測前後兩句應呈現對比的意義，取樣前句的否定動詞not seem（似乎不）和名詞片語decent business（體面的工作）。

預測	空格內應填入表示對比not seem和decent job的字詞，not seem...decent job具有「負向」含義，後面的空格需表達「正向」含義，根據句意知道工作雖不體面，但有利潤，預測選項 **C** profitable 為可能答案。
檢驗	將 **C** 選項填入空格中檢驗句意。
確認	瀏覽上下句，整體句意連貫，確認答案為 **C**，正確答案就在題目上。

16. Nowadays many companies adopt a ＿＿＿＿ work schedule which allows their employees to decide when to arrive at work—**from** as early as 6 a.m. **to** as late as 11 a.m.

    A relative   **B** severe   **C** primitive   **D** flexible

中譯	現今許多公司採用<u>彈性的</u>工作時間表，讓員工決定幾點上班——早至上午六時，晚至上午十一時。 **A** 相對的 **B** 嚴重的 **C** 原始的 **D** 彈性的
取樣	瀏覽全文，藉標示詞from...to...（從……到……）（參閱第30頁最右欄）猜測to的前後應呈現對比的意義，取樣as early as 6 a.m.（早至上午六時）和as late as 11 a.m.（晚至上午十一時）。
預測	由破折號得知，空格內應填入一個語意和「早至上午六時，晚至上午十一時」語意相關的形容詞，預測選項 **D** flexible 為可能答案。
檢驗	將 **D** 選項填入空格中檢驗句意。
確認	瀏覽上下句，整體句意連貫，確認答案為 **D**，正確答案就在題目上。

17. The chairperson of the meeting asked everyone to speak up **instead of** _____ their opinions among themselves.

Ⓐ reciting　　Ⓑ giggling　　Ⓒ murmuring　　Ⓓ whistling

中譯	會議主席要求每個人把話大聲說出來,而非彼此私下<u>低聲表達</u>意見。 Ⓐ 背誦　Ⓑ 咯咯地笑　Ⓒ 低聲說　Ⓓ 吹口哨
取樣	瀏覽全文,藉標示詞instead of(而非)(參閱第31頁最左欄)猜測前後應呈現對比的意義,取樣前面的動詞speak up(把話大聲說出來)。
預測	空格內應填入表示對比speak up的字詞,預測選項 Ⓒ murmuring 為可能答案。
檢驗	將 Ⓒ 選項填入空格中檢驗句意。
確認	瀏覽上下句,整體句意連貫,確認答案為 Ⓒ,正確答案就在題目上。

18. **Though** Kevin failed in last year's singing contest, he did not feel _____. This year he practiced day and night and finally won first place in the competition.

Ⓐ relieved　　Ⓑ suspected　　Ⓒ discounted　　Ⓓ frustrated

中譯	雖然凱文去年歌唱比賽失利,但他並沒有感到<u>沮喪</u>。今年,他日以繼夜地練習,終於在比賽中贏得第一名。 Ⓐ 放心的　Ⓑ 有嫌疑的　Ⓒ 折扣的　Ⓓ 沮喪的
取樣	瀏覽全文,藉標示詞Though(雖然)猜測前後句應呈現對比的意義,取樣前句的動詞failed(失利)和後句的否定動詞not feel(沒有感到)。此外,也可取樣last year與this year供解題語意上的參考。

預測	空格內應填入表示對比failed的字詞，failed具有「負向」含義，因此第二個句子需要具有「正向」含義，但句中否定動詞not feel具有「負向」含義，空格內只能填入「負向」含義的形容詞，「負負得正」，第二個句子才能傳達「正向」含義，預測選項 **D** frustrated（沮喪的）為可能答案。
檢驗	將 **D** 選項填入空格中檢驗句意。
確認	瀏覽上下句，整體句意連貫，確認答案為 **D**，正確答案就在題目上。

19. Jenny lost her parents at the age of five. **Despite** this _____, she managed to become a leading scholar in computer science.

   A complaint   **B** misfortune   **C** poverty   **D** retreat

中譯	珍妮在五歲時失去了雙親。儘管遭逢這樣的<u>不幸</u>，她仍成功成為電腦科學領域的頂尖學者。 **A** 抱怨 **B** 不幸 **C** 貧窮 **D** 撤退
取樣	瀏覽全文，藉標示詞Despite（儘管）猜測前後應呈現對比的意義，取樣後面的動詞片語become a leading scholar（成為頂尖學者）。另也取樣動詞片語lost her parents at the age of five（在五歲時失去了雙親）。
預測	空格內應填入表示對比become a leading scholar的字詞，become a leading scholar具有「正向」含義，因此前半despite所引導的介系詞片語需要具有「負向」含義。此外，也可以由第一句的lost her parents at the age of five來推測空格應填入和「在五歲時失去了雙親」語意相關的單字，預測選項 **B** misfortune為可能答案。
檢驗	將 **B** 選項填入空格中檢驗句意。
確認	瀏覽上下句，整體句意連貫，確認答案為 **B**，正確答案就在題目上。

20. **Despite** her physical disability, the young blind pianist managed to overcome all _____ to win the first prize in the international contest.

Ⓐ privacy **Ⓑ** ambition **Ⓒ** fortunes **Ⓓ** obstacles

中譯	這位年輕的盲人鋼琴家雖然身體有缺陷，但她成功克服了所有的障礙，贏得了國際比賽的冠軍。 Ⓐ 隱私 Ⓑ 企圖心 Ⓒ 命運、際遇 Ⓓ 阻礙
取樣	瀏覽全文，藉標示詞despite（儘管）猜測前後應呈現對比的意義，取樣名詞片語physical disability（身體缺陷）和overcome（克服）。
預測	空格內應填入表示對比physical disability的字詞，physical disability具有「負向」含義，後半的句子應表達「正向」含義，overcome具有「正向」含義，且overcome需搭配負面的名詞，例如：addiction（癮）、adversity（困境）、anxiety（焦慮）、barrier（障礙）、bias（偏見）、challenge（挑戰）、crisis（危機）、difficulty（困難）、distrust（不信任）、fear（恐懼）、grief（悲傷）、obstacle（障礙）、opposition（反對）、shyness（害羞）、weakness（弱點）等，預測選項 Ⓓ obstacles（障礙）為可能答案。
檢驗	將 Ⓓ 選項填入空格中檢驗句意。
確認	瀏覽上下句，整體句意連貫，確認答案為 Ⓓ，正確答案就在題目上。

21. Elderly shoppers in this store are advised to take the elevator **rather than** the _____, which may move too fast for them to keep their balance.

Ⓐ airway **Ⓑ** operator **Ⓒ** escalator **Ⓓ** instrument

中譯	建議本店的年長顧客搭乘電梯而非手扶梯，因手扶梯移動速度太快，無法讓年長者保持平衡。 Ⓐ 航線 Ⓑ 操作員 Ⓒ 手扶梯 Ⓓ 樂器

取樣	瀏覽全文，藉標示詞rather than（而非）猜測前後應呈現對比的意義，取樣名詞elevator（電梯）和非限定的形容詞子句which may move too fast for them to keep their balance（手扶梯移動速度太快，無法讓年長者保持平衡）。此外，本題還牽涉到修飾語的問題。關係代名詞which引導的非限定形容詞子句修飾escalator（手扶梯）。注意本題有用副詞片語too...to + V（太……而不能）。
預測	空格內應填入表示對比elevator的字詞。此外，從形容詞子句which may move too fast for them to keep their balance得知空格內所填的東西移動速度快，怕使年長者失去平衡，預測選項 C escalator（手扶梯）為可能答案。
檢驗	將 C 選項填入空格中檢驗句意。
確認	瀏覽上下句，整體句意連貫，確認答案為 C，正確答案就在題目上。

22. Our English teacher always emphasizes the importance of learning new words in context **rather than** learning each of them _____.

   A individually   **B** exclusively   **C** approximately   **D** supposedly

中譯	我們的英文老師總是強調，依上下文意來學習新單字的重要性，而不是個別地學習它們中的每一個。 **A** 單獨地、個別地 **B** 專門地 **C** 大概 **D** 據信
取樣	瀏覽全文，藉標示詞rather than（而非）猜測前後應呈現對比的意義，取樣副詞片語in context（在上下文關聯中）。
預測	空格內應填入表示對比in context的字詞，預測選項 **A** individually（單獨地）為可能答案。in context ≠ individually。
檢驗	將 **A** 選項填入空格中檢驗句意。
確認	瀏覽上下句，整體句意連貫，確認答案為 **A**，正確答案就在題目上。

Chapter
3

認識因果關係：

BECAUSE 型

暖身題

Choose the answer that best completes each sentence below.

1. Every nation in the world ＿＿＿＿＿＿ in some way **to** global culture.

A displeases **B** invades **C** alternates **D** **contributes**

中譯	世界各國或多或少都對全球文化做出了<u>貢獻</u>。 **A** 使不悅 **B** 侵略 **C** 交替 **D** 貢獻
取樣	瀏覽全文，取樣名詞片語Every nation in the world（世界各國）和global (culture)（全球文化）。
預測	從Every nation in the world和global (culture)判斷空格內應填入表示因果關係的字詞，全球文化是由各個國家貢獻所促成，在四個選項當中，其後可接介系詞to並表「因果」關係的動詞，只能選contribute，預測選項 **D** contributes（貢獻、促成）為可能答案。 **例** Alcohol（因） contributes <u>to</u> liver diseases（果）. 酒會引起（促成）肝病。
檢驗	將 **D** 選項填入空格中檢驗句意。
確認	瀏覽上下句，整體句意連貫，確認答案為 **D**，正確答案就在題目上。

2. The terrible train accident in Ali-Mountain ＿＿＿＿ the death of many passengers.

A talked into **B** hung up **C** turned down **D** **resulted in**

中譯	阿里山的可怕火車事故<u>造成</u>許多乘客死亡。 **A** 說服 **B** 掛斷電話 **C** 拒絕 **D** 造成

取樣	瀏覽全文，取樣名詞片語train accident（因：火車事故）和the death of many passengers（果：許多乘客死亡）。
預測	terrible train accident和the death of many passengers判斷空格內應填入表示因果關係的字詞，火車事故造成（導致）許多乘客死亡，預測選項 **D** resulted in（造成）為可能答案。
檢驗	將 **D** 選項填入空格中檢驗句意。
確認	瀏覽上下句，整體句意連貫，確認答案為 **D**，正確答案就在題目上。

3. I've put on **so** much weight recently **that** these jeans are too _____ for me to wear now.

A loose   **B** ripe   **C** swift   **D** tight

中譯	我最近體重增加了很多，以致於這些牛仔褲現在對我來說都緊到沒辦法穿了。 **A** 寬鬆的 **B** 成熟的 **C** 快速的 **D** 緊的
取樣	瀏覽全文，藉標示詞so...that（如此……以致於）猜測前後應呈現因果關係，取樣動詞片語put on much weight（體重增加很多）。此外，too（太）...to（不能）...句型也必須了解。
預測	空格內應填入和負面線索put on much weight語意緊密相關的字詞，譬如一般人體重增加，腰圍粗，褲子緊，穿不下，預測選項 **D** tight（緊的）為可能答案。
檢驗	將 **D** 選項填入空格中檢驗句意。
確認	瀏覽上下句，整體句意連貫，確認答案為 **D**，正確答案就在題目上。

4. The shy little boy spoke **so** _____ **that** I had a hard time hearing what he said.

A bravely   **B** clearly   **C** openly   **D** softly

中譯	那個害羞的小男孩非常<u>輕柔地</u>說話，以致於我難以聽見他所說的話。 Ⓐ 勇敢地　Ⓑ 清楚地　Ⓒ 公開地　Ⓓ 輕柔地
取樣	瀏覽全文，藉標示詞so...that（如此……以致於）猜測前後應呈現因果關係，取樣動詞片語had a hard time hearing what he said（難以聽見他所說的話）。have a hard time（做某事很難）其後接動名詞（Ving），此外，hard(=not easy)有「負面」的涵意。
預測	空格內應填入和負面線索had a hard time hearing what he said語意緊密相關的字詞，預測選項 Ⓓ softly（輕柔地）為可能答案。
檢驗	將 Ⓓ 選項填入空格中檢驗句意。
確認	瀏覽上下句，整體句意連貫，確認答案為 Ⓓ，正確答案就在題目上。

5. Eating too many potato chips makes you thirsty **because** chips _____ a large amount of salt.

Ⓐ contain　　Ⓑ control　　Ⓒ contract　　Ⓓ contact

中譯	吃太多洋芋片會讓你口渴，因為洋芋片<u>包含</u>大量的鹽分。 Ⓐ 包含　Ⓑ 控制　Ⓒ 合約　Ⓓ 聯絡
取樣	瀏覽全文，藉標示詞because（因為）猜測前後應呈現因果關係，取樣動詞片語makes you thirsty（讓你口渴）。
預測	空格內應填入和負面線索makes you thirsty語意緊密相關的字詞，依生活經驗推斷，知道吃含有大量鹽分的洋芋片會造成口渴，預測選項 Ⓐ contain（包含）為可能答案。
檢驗	將 Ⓐ 選項填入空格中檢驗句意。
確認	瀏覽上下句，整體句意連貫，確認答案為 Ⓐ，正確答案就在題目上。

6. Poor _____ **has caused** millions of deaths in developing countries where there is only a limited amount of food.

Ⓐ reputation　　**Ⓑ** nutrition　　**Ⓒ** construction　　**Ⓓ** stimulation

中譯	營養不良已經在糧食有限的開發中國家造成數百萬人死亡。 Ⓐ 名聲　Ⓑ 營養　Ⓒ 建築　Ⓓ 刺激
取樣	瀏覽全文，藉標示詞（因）has caused（造成果），猜測前後應呈現因果關係，取樣造成「果」的名詞片語millions of deaths（數百萬人死亡），而主詞一定是表「因」的名詞片語Poor _____。此外，本題還牽涉到修飾語的問題。表「地點」的關係副詞where引導的形容詞子句修飾開發中國家（developing countries），取樣包括only引導的片語 only a limited amount of food在內。每逢遇上詞彙題測驗，句中若有only引導的片語，務必要取樣。
預測	空格內應填入和負面線索millions of deaths和only a limited amount of food語意緊密相關的字詞，依生活經驗推斷，營養不良（因）在糧食有限的國家會造成死亡（果），預測選項 Ⓑ nutrition（營養）為可能答案。
檢驗	將 Ⓑ 選項填入空格中檢驗句意。
確認	瀏覽上下句，整體句意連貫，確認答案為 Ⓑ，正確答案就在題目上。

7. **Since** you are well prepared, you have no _____ to worry about the test.

Ⓐ luck　　**Ⓑ** nature　　**Ⓒ** reason　　**Ⓓ** taste

中譯	既然你已做好萬全準備，你沒有理由擔心這次的考試。 Ⓐ 運氣　Ⓑ 大自然　Ⓒ 理由　Ⓓ 味道
取樣	瀏覽全文，藉標示詞since（既然）猜測前後應呈現因果關係，取樣形容詞片語well prepared（已充分準備）和否定詞no（沒有）。

預測	空格內應填入和正向線索well prepared語意緊密相關的字詞，考試已充分準備就沒有理由擔心，預測選項 **C** reason（理由）為可能答案。
檢驗	將 **C** 選項填入空格中檢驗句意。
確認	瀏覽上下句，整體句意連貫，確認答案為 **C**，正確答案就在題目上。

8. Emily enjoys trying different things and traveling to different places, **for** she believes that _____ is the spice of life.

A quarrel   **B** variety   **C** wagon   **D** zipper

中譯	艾蜜莉喜愛嘗試不同的事物，喜歡去不同的地方旅遊，因為她相信（認為）變化是生活的調味料（變化多的生活）。 **A** 爭吵　**B** 多樣化；變化　**C** （四輪）運貨馬車　**D** 拉鍊
取樣	瀏覽全文，藉標示詞, for（因為）猜測前後句應呈現因果關係，取樣形容詞different（不同的）。對等連接詞for常用以表示某人推測或某人認為某事的理由，此外口語中不用for。使用for時，其前必須有標點(,)。例如： John must be ill, for he is absent today. 約翰一定生病了因為他沒有出席。 ▶ 表推測的理由
預測	空格內應填入和different語意緊密相關的字詞，預測選項**B** variety（變化）為可能答案。
檢驗	將 **B** 選項填入空格中檢驗句意。
確認	瀏覽上下句，整體句意連貫，確認答案為 **B**，正確答案就在題目上。

9. About fifty-three thousand people die in the United States each year **as a result of** _____ to secondhand smoke.

Ⓐ apology　　**Ⓑ** disguise　　**Ⓒ** exposure　　**Ⓓ** temptation

中譯	美國每年大約有五萬三千人因為暴露在二手菸環境中而死亡。 **Ⓐ** 道歉　**Ⓑ** 偽裝　**Ⓒ** 暴露　**Ⓓ** 誘惑
取樣	瀏覽全文，藉標示詞as a result of（因為）猜測前後應呈現因果關係，取樣表「果」的動詞die（死亡）。
預測	空格內應填入和負面線索die語意緊密相關的字詞，依生活經驗判斷，可以知道經常暴露在二手菸的環境中，人可能罹患肺癌而死亡，預測選項 **Ⓒ** exposure（暴露）為可能答案。
檢驗	將 **Ⓒ** 選項填入空格中檢驗句意。
確認	瀏覽上下句，整體句意連貫，確認答案為 **Ⓒ**，正確答案就在題目上。

10. We called off the picnic _____ the bad weather forecast.

Ⓐ with a view to　　**Ⓑ** at the expense of　　**Ⓒ** in regard to
Ⓓ on account of

中譯	由於天氣預報不佳，我們取消了野餐活動。 **Ⓐ** 為了　**Ⓑ** 在犧牲（或損害）……的情況下 **Ⓒ** 關於；至於　　**Ⓓ** 由於；因為
取樣	瀏覽全文，猜測前後應呈現因果關係，取樣片語動詞called off（取消）和表「結果」的名詞片語bad weather forecast（天氣預報不佳）。
預測	空格內填入表因果關係的字詞，讓空格前後呈現因果關係，預測選項 **Ⓓ** on account of（由於；因為）為可能答案。
檢驗	將 **Ⓓ** 選項填入空格中檢驗句意。
確認	瀏覽上下句，整體句意連貫，確認答案為 **Ⓓ**，正確答案就在題目上。

題型解說

表「因果關係」最常見的方式是用從屬連接詞，以 because 的語氣最強，其次是 since、as。

A as、since、because

$$
\left\{ \begin{array}{l} \text{As} \\ \text{Since} \\ \text{Because} \end{array} \right\} \quad \begin{array}{l} \text{（正）} \\ \text{（負）} \end{array} \quad > \quad \begin{array}{c} \text{S + V.} \\ \text{因} \\ \textbf{(cause)} \end{array} \quad \begin{array}{l} \text{（正）} \\ \text{（負）} \end{array} \quad > \quad \begin{array}{c} \text{S + V.} \\ \text{果} \\ \textbf{(effect)} \end{array}
$$

這三個從屬連接詞表示「因為……所以……」的副詞子句，其因果語義強度依次遞減：because ＞ since ＞ as。

❶ <u>As</u> I'm leaving tomorrow, please come today.
因為明天我就要離開了，請今天過來吧。

▶ 重點在於主要子句，原因、理由很明顯，提出來只是附帶說明，常用於口語且用於句首

❷ <u>Since</u> you insist, I will reconsider the matter.
既然你堅持，我就把此事再考慮一下。

▶ Since所說明的理由是附帶的，或對方已明白的，含有「既然……就」的意義，雖然語氣比較弱，但比as正式一點，使用時往往會把since的子句放在句首

❸ <u>Since</u> it is raining, you'd better take a taxi.
既然正在下雨，那你就最好搭計程車。

❹ I didn't go out <u>because</u> it rained.
因為下雨了，我沒有出門。

▶ 重點在於說明直接的原因或理由的副詞子句，因此because的子句通常置於主要子句後面，because之前可加not, only, simply, just, merely, mainly等副詞修飾。在回答Why...?問句時，只能用Because回答why的理由或原因

❺ <u>Why</u> do you like him?　你為什麼喜歡他？
<u>Because</u> he is kind.　因為他很親切。

❻ John teaches English <u>not because</u> he is good at it but because he is interested in it.
約翰教英語不是因為他擅長英語，而是因為他對英語有興趣。

❼ You must not eat too much <u>merely because</u> you are hungry.
你不可以只因為肚子餓而吃得太多。

▶ merely可用simply、only或just代之

❽ 因為生病了，所以我沒去。

▶ 中文的「因為……所以……」不可譯為Because （或As）... so...

✕ <u>Because</u> I was sick, <u>so</u> I didn't go.

◯ a) <u>Because</u> I was sick, I didn't go.

◯ b) I was sick, <u>so</u> I didn't go.

說明

　　英文只能有一個主要子句（S+V），所以要遵守「主從分明」的原則。如果從屬連接詞 because 與對等連接詞 so 同時出現，就分不清楚誰主、誰從，所以英文裡不能同時把 because 和 so 用在同一個句子裡。同理類推，英文裡也不能有 although... but... 這樣的句子。

B 表「因果」關係最常用的對等連接詞，表「因」用for，表「果」用so。for表示說話者以自己的意見為原因，來推斷前述的結果，for之前常置以逗號（comma），所以不可置於句首。試比較：

❶ a) The river is so high <u>because</u> it has rained hard recently.
因為最近下雨下得很大，所以河水高漲。　▶ 直接的原因

b) It must have rained hard recently, <u>for</u> the river is so high.
最近一定下雨下得很大，因為河水高漲。　▶ 推斷的原因

❷ a) John is loved by all of us <u>because</u> he is honest.
因為約翰誠實，所以他被大家所愛。　▶ 直接的原因

b) John must be honest, <u>for</u> he is loved by all of us.
約翰想必誠實，因為他被大家所愛。　▶ 推斷的原因

對等連接詞 so（所以）連接兩個子句時，如例**❸** b）和**❹** b）是說明原因，後句是說明所產生的結果，例如：

❸ a) <u>As</u> it is late, I have to leave.
b) It is late, <u>so</u> I have to leave.
因為時間已晚，所以我必須離開。

❹ a) <u>As</u> we have a long way to go, we must start early.
b) We have a long way to go, <u>so</u> we must start early.
因為我們要走很長的路程，所以我們必須早動身。

C 因果關係的結構，也可以用下列的連繫副詞或片語（conjunctive adverb or phrase）來表示：

$$因 (cause); \begin{cases} \text{as a result,} \\ \text{as a consequence,} \\ \text{consequently,} \\ \text{accordingly,} \\ \text{therefore,} \\ \text{hence,} \\ \text{thus,} \end{cases} 果 (effect)$$

純連接詞（pure conjunction），如：so、for 等只能出現在第二句的句首，而連繫副詞 （conjunctive adverbs）可以移位，可以出現在第二個句子的句首、句中或句尾。兩個句子之間，常用分號（semicolon）或句號（period）隔開。試比較下列的 so 與 therefore。

❶ 對等連接詞 so

It was very hot, <u>so</u> we went swimming.

因為天氣炎熱，我們都去游泳了。

❷ 連繫副詞 therefore

a) It was very hot; <u>therefore</u>, we went swimming.
b) It was very hot; we, <u>therefore</u>, went swimming.
c) It was very hot; we went swimming, <u>therefore</u>.
d) It was very hot. <u>Therefore</u>, we went swimming.
e) It was very hot. We went swimming, <u>therefore</u>.

為求句子多樣化，不要每次都用對等連接詞，有時不妨使用連繫副詞，但在英文裡沒有表原因的連繫副詞與對等連接詞 for 相對應。

D in that = in (the fact) that當連接詞使用，只能放主句後面。現代英語多用because來替代。

例

Men differ from brutes <u>in that</u> they can think and speak.
人不同於禽獸是因為人會思考與說話。

E , so (that)　（結果）所以

$$\underline{S + V} \qquad , \text{so (that)} \qquad \underline{S + V}$$
因 (cause)　　　　　　　　　果 (effect)

so that 用作連接詞，之前必須用逗號（,）與表原因的句子隔開，其中 that 可以省略。

❶ I couldn't get a taxi, <u>so (that)</u> I had to come here by bus.
我叫不到計程車，所以我得搭公車來這裡。

❷ Helen was tired, <u>so (that)</u> she went to bed early.
海倫累了，所以她很早就睡了。

注意 千萬不要與表「目的」的副詞子句so that（以便、為了）相混淆，其前無逗號（,）。

❸ John ran fast <u>so that</u> he might catch the train. ▶ 表目的
約翰跑得快以便趕得上火車。

❹ One important purpose of the course is for the students to learn to make sound judgments <u>so that</u> they can differentiate between fact and opinion without difficulty.

這門課的一個重要目的是讓學生學會做出明智的判斷，（以便）使他們能夠毫無困難地區分事實和意見。

F so / such...that... 　如此……以致於

$$S + \left\{ \begin{array}{c} be \\ V \end{array} \right\} so + \left\{ \begin{array}{c} adj. \\ adv. \end{array} \right\} + (a) + N（表原因）+ that\ S + V（表結果）.$$

$$S + be + such + (a) + (adj.) + N（表原因）+ that\ S + V（表結果）.$$

❶ John is <u>such</u> a good teacher <u>that</u> every student likes him.

　約翰是如此好的一位老師，以致每個學生都喜歡他。

> **說明**
>
> 　such 為形容詞，修飾名詞 teacher；that 為從屬連接詞，引導一個表「結果」的副詞子句，修飾形容詞 such。因此若 such 省略，則 that 子句也就一起省略掉了，句子就恢復原狀：John is a good teacher.。

❷ John is <u>so</u> good a teacher <u>that</u> every student likes him.

　約翰是如此好的一位老師，以致每個學生都喜歡他。

> **說明**
>
> 　so 是副詞，其後必須接形容詞或副詞，that 為從屬連接詞，引導一個表「結果」的副詞子句，修飾副詞 so。

❸ John ran <u>so</u> quickly <u>that</u> I couldn't catch him.

　約翰跑得如此快以致於我無法趕上。

G 介系詞with引導表「因為」的副詞片語，如下例：

with + object + present participle (objective complement)

例

With <u>night</u> <u>coming</u> on, we <u>started</u> for home.
       O   OC   V

夜晚將臨，我們便動身返家。

H 因果關係的結構，也可以用下列動詞或動詞片語來表示：

因 (cause)
$$\left\{ \begin{array}{l} \text{cause} \\ \text{lead to} \\ \text{contribute to} \\ \text{result in} \\ \text{bring about} \\ \text{give rise to} \\ \text{be the cause of} \\ \text{be responsible for} \\ \text{be the reason for} \end{array} \right\}$$
 果 (effect)

例

Wars will <u>cause/lead to/contribute to/result in/bring about</u> very terrible disasters.

戰爭會造成極為可怕的災難。

$$果\ (effect) \begin{cases} \text{result from} \\ \text{arise from} \\ \text{follow from} \\ \text{stem from} \\ \text{be due to} \\ \text{be a result of} \\ \text{be a consequence of} \\ \text{be attributed to} \\ \text{be attributable to} \end{cases} 因\ (cause)$$

說明

現以 result in 與 result from 為例，說明如下：

❶ result in：產生或造成某種結果，句中主詞是「起因」，而in 的受詞是「結果」。

> **例** Eating too much often <u>results in</u> sickness.
> 過度飲食常導致疾病。

❷ result from：由……引起；由……產生的，句中主詞是「結果」，而from的受詞是「起因」。

> **例** Sickness often <u>results from</u> eating too much.
> 疾病常起因於過度飲食。

注意 result in / result from均為不及物動詞片語，不能用於被動態。但attribute A to B（把A 歸因於B），其動詞attribute 是及物動詞，必須要有受詞，因此可以用於被動語態。

✗ ❶ The damage <u>was resulted from</u> the fire.
✗ ❷ The fire <u>was resulted</u> in the damage.
　　 這損害是由火災造成的。

○ ❸ He <u>attributed</u> his success <u>to</u> good luck.
○ ❹ His success <u>was attributed to</u> good luck.

他把成功歸因於好運。

❶ due to 兩字在一起，是形容詞片語，非副詞片語，不可修飾動詞，意思是「由於……之故」。due的詞類是形容詞，而形容詞是用來修飾名詞，所以due的位置要放在名詞之前，如the due date（【票據等的】到期日），要不然要放在be動詞之後當主詞補語，如「My rent is due tomorrow.（我的房租明天到期）」。

✕ <u>Due to</u> his careless driving, the accident happened.

說明

用形容詞片語 due to... 修飾動詞 happened 的原因，是誤把形容詞片語當成副詞片語用。有考 GMAT 的同學，在考題中若遇有 due to 的選項，一律不可選。但現在英美人士有把它當作介系詞片語用，為避免引起爭論，最好避免這種用法，建議改用介系詞片語 Owing to、Because of 或 On account of，可以當副詞來修飾動詞 happened。

○ ❶ { <u>Owing to</u> / <u>Because of</u> / <u>On account of</u> } his careless driving, the accident happened.

○ ❷ The accident <u>was due to</u> his careless driving.

○ ❸ The accident <u>was caused by</u> his careless driving.

由於他的駕駛疏忽，而引發了車禍。

J 因果關係的結構也可以用下列介系詞片語來表示：

$$
\text{(a)} \quad \underbrace{\left\{ \begin{array}{l} \text{owing to} \\ \text{because of} \\ \text{on account of} \\ \text{thanks to} \\ \text{as a result of} \end{array} \right\}}_{\text{因}} + \left\{ \begin{array}{c} \textbf{N} \\ \textbf{NP} \end{array} \right\}, \underbrace{\textbf{S} + \textbf{V}}_{\text{果}}
$$

❶ Thanks to your help, I succeeded.

幸虧 / 多虧 / 全靠你的幫忙，我成功了。

❷ Thanks to his decision, things have come out right.

幸虧他的果斷，形勢得以好轉。

▶ 遠東新世紀英漢辭典

❸ The case went poorly thanks to the lawyer's incompetence.

案件因律師的無能而進行得不順利。

▶ Dictionary.com

❹ Thanks to bad weather, we had to put off the trip.

由於天氣不好，我們不得不把旅行延期。

▶ 遠東新世紀英漢辭典

　　相較於 thanks to，更常用 owing to, because of, on account of 等表達「負向、壞的」理由。

例

$$\left\{\begin{array}{l} \text{Owing to} \\ \text{Because of} \\ \text{On account of} \end{array}\right\} \text{his careless driving, the accident happened.}$$

由於他駕駛疏忽，而引發了車禍。

Ⓚ 其他表達因果關係的詞彙

　　trigger 意思是「成為……的起因、引發……、觸發」。

例

Short-term stress <u>triggers</u> the production of protective chemicals in our body and strengthens the body's defenses.

短期壓力會引發我們體內保護性化學物質的產生，增強身體的防禦能力。

　　breed 意思是「招致、導致、引起（不良之事物）」。

例

Familiarity <u>breeds</u> contempt.

【諺】親暱生狎侮；近廟欺神。

上下文中的線索

英語學習者是否能依據上下文推測出生詞的含義，取決於是否能找出文章中的詞彙或句構所提供的常見線索來幫助理解，而非只靠生詞或單字本身的意思，應以整句或整段的理解為主。

「因果關係」的線索（cause and effect clue）

句子或者段落中有些詞義與生詞的詞義具有因果關係，我們可以通過這種關係來推測生詞的可能意義，通常出現在表「因果」的連接詞之後，像是 since, because, so ／ such...that... 或者在片語之後，像是 because of, thanks to, due to, owing to, arise from, result from, result in, contribute to 等。例句已在上一節討論過。

「推斷」的線索（inference clue）

先確定生詞的詞性是名詞還是動詞等，再依據整句或整段中的其他詞如 cause (n., v.), causal (adj.); reverse (adj., v.) , reversal (n.) 等來協助了解或推斷生詞的詞義。

❶ "Never trouble trouble till trouble troubles you," is one of the best known English <u>proverbs</u>.

「麻煩沒上門，千萬莫自找」是一句有名的英諺。

▶ 四個trouble，第一個與第四是動詞，第二與第三是名詞

❷ Generally speaking, typhoons may bring heavy rain and often <u>cause</u> a lot of <u>damage</u>.

一般而言，颱風可能會帶來豪雨，常造成嚴重的損害。

❸ <u>Poverty</u> wants <u>some</u> things, <u>luxury</u> (wants) <u>many</u> things, and <u>avarice</u> (wants) <u>all</u> things.

貧窮需要一些東西，奢侈需要多東西，貪婪需要一切東西。

實力驗收

測驗學生運用英語詞彙的能力，並考查學生學習成效的測驗。

Choose the answer that best completes each sentence below.

1. Since many of our house plants are from humid jungle environments, they need _____ air to keep them green and healthy.

A moist　　**B** stale　　**C** crisp　　**D** fertile

中譯	因為我們許多室內植物是來自潮濕的叢林環境，所以它們需要濕潤的空氣來保持長青和健康。 **A** 潮濕的　**B** 不新鮮的；陳腐的　**C** 脆的 **D** 肥沃的；能生育的
取樣	瀏覽全文，藉表「原因」標示詞Since猜測前後句應呈現因果關係，因此修飾主要子句動詞need。取樣形容詞humid（潮濕的）。
預測	空格內應填入和humid語意緊密相關的字詞，預測選項 **A** moist（潮濕的）為可能答案。
檢驗	將 **A** 選項填入空格中檢驗句意。
確認	瀏覽上下句，整體句意連貫，確認答案為 **A**，正確答案就在題目上。

2. Thousands of people flooded into the city to join the demonstration; **as a result**, the city's transportation system was almost _____.

A testified　　**B** paralyzed　　**C** stabilized　　**D** dissatisfied

中譯	成千上萬的人湧入城市參加示威活動，因此該城市的交通系統幾乎陷入癱瘓。 **A** 證實　**B** 使癱瘓　**C**（使）穩定　**D** 使不滿意
取樣	瀏覽全文，藉表「結果」的標示詞as a result（因此）猜測前後句應呈現因果關係，取樣動詞片語flooded into（湧入）。

預測	空格內應填入和flooded into語意緊密相關的字詞，依生活經驗判斷，成千上萬人湧入城市，會造成交通癱瘓，預測選項**B** paralyzed（使癱瘓）為可能答案。
檢驗	將 **B** 選項填入空格中檢驗句意。
確認	瀏覽上下句，整體句意連貫，確認答案為 **B**，正確答案就在題目上。

3. The bus driver often complains about chewing gum found under passenger seats **because** it is ＿＿＿ and very hard to remove.

A sticky　　**B** greasy　　**C** clumsy　　**D** mighty

中譯	公車司機常常抱怨在乘客座位下發現口香糖，因為口香糖又黏又難清除。 **A** 黏的　**B** 油膩的　**C** 笨拙的　**D** 強大的
取樣	瀏覽全文，藉標示詞because所引導表「原因」的副詞子句猜測前後句應呈現因果關係：「請問司機為什麼常抱怨？」因而取樣動詞片語complains about chewing gum（口香糖）和形容詞片語hard to remove（難清除）。 **注意** 英文的complain是不及物動詞，若接受詞，必須先接介系詞about。反之，在中文complain是及物動詞，直接接受詞。
預測	空格內應填入和chewing gum、hard to remove語意緊密相關的字詞，依生活經驗判斷，口香糖很黏不好清除，預測選項**A** sticky（黏的）為可能答案。
檢驗	將 **A** 選項填入空格中檢驗句意。
確認	瀏覽上下句，整體句意連貫，確認答案為 **A**，正確答案就在題目上。

4. Warm milk _____ sleepiness. **So** if you have trouble falling asleep, try drinking some warm milk before going to bed.

Ⓐ conceals　　Ⓑ recruits　　Ⓒ absorbs　　Ⓓ induces

中譯	溫牛奶會引發睡意。所以如果你難以入睡，睡前試著喝點溫牛奶。 Ⓐ 隱匿　Ⓑ 徵募　Ⓒ 吸收　Ⓓ 引發；誘使
取樣	瀏覽全文，藉標示詞So（所以）猜測前後句應呈現因果關係，取樣前句的名詞片語Warm milk（溫牛奶）、名詞sleepiness（睡意），和後句的動詞片語have trouble falling asleep（難以入睡）、try drinking some warm milk（試著喝點熱牛奶）。 **注意** have trouble (in) + 動名詞(Ving)，用法與have a hard time相同。
預測	從後句的have trouble falling asleep和try drinking some warm milk得知，睡不著時喝點溫牛奶可以引發睡意。此外，前後句為因果關係，語意緊密關聯，推斷前句的空格應填入一個動詞，表達「溫牛奶會引發睡意」，以呼應後句的語意，預測選項 Ⓓ induces（引發）為可能答案。
檢驗	將 Ⓓ 選項填入空格中檢驗句意。
確認	瀏覽上下句，整體句意連貫，確認答案為 Ⓓ，正確答案就在題目上。

5. The new vaccine was banned by the Food and Drug Administration **due to** its _____ fatal side effects.

Ⓐ potentially　　Ⓑ delicately　　Ⓒ ambiguously　　Ⓓ optionally

中譯	新疫苗遭食藥署禁用，因為它可能會有致命的副作用。 Ⓐ 可能地　Ⓑ 精緻地　Ⓒ 模稜兩可地　Ⓓ 選擇性地
取樣	瀏覽全文，藉標示詞due to（因為；由於）猜測前後應呈現因果關係，取樣前面的was banned（遭禁止）。

預測	空格內應填入和負面線索was banned語意緊密相關的字詞，依生活經驗判斷，疫苗遭禁用，可能是產生副作用，甚至有致命的風險，預測選項 Ⓐ potentially（可能地）為可能答案。
檢驗	將 Ⓐ 選項填入空格中檢驗句意。
確認	瀏覽上下句，整體句意連貫，確認答案為 Ⓐ，正確答案就在題目上。

6. **Due to** the worldwide recession, the World Bank's forecast for next year's global economic growth is ＿＿＿＿.

Ⓐ keen　　Ⓑ mild　　Ⓒ grim　　Ⓓ foul

中譯	由於全球的經濟衰退，世界銀行預測明年全球經濟成長令人沮喪。 Ⓐ 熱衷的　　Ⓑ 溫和的　　Ⓒ 令人沮喪的 Ⓓ 骯髒惡臭的；難聞的
取樣	瀏覽全文，藉標示詞due to（因為；由於）猜測前後應呈現因果關係，取樣前半句的名詞recession（經濟衰退）。
預測	空格內應填入和負面線索recession語意緊密相關的字詞，依常理推斷，全球經濟衰退，明年全球的經濟成長必定不樂觀，預測選項 Ⓒ grim（令人沮喪的）為可能答案。
檢驗	將 Ⓒ 選項填入空格中檢驗句意。
確認	瀏覽上下句，整體句意連貫，確認答案為 Ⓒ，正確答案就在題目上。

7. Water is a precious resource; **therefore**, we must _____ it, or we will not have enough of it in the near future.

Ⓐ conserve　　Ⓑ counter　　Ⓒ expose　　Ⓓ convert

中譯	水是珍貴的資源，因此我們必須<u>保存</u>水資源，否則在不久的將來我們將無法擁有足夠的水資源。 Ⓐ 保存；節約　　Ⓑ 競爭；對抗　　Ⓒ 暴露　　Ⓓ （使）轉變
取樣	瀏覽全文，藉標示詞therefore（因此）猜測前句後應呈現因果關係，取樣前半句的形容詞precious（珍貴的）。
預測	空格內應填入和正面線索precious語意緊密相關的字詞，依常理推斷，水資源珍貴，我們必須要保存水資源，預測選項 Ⓐ conserve（保存；節約）為可能答案。
檢驗	將 Ⓐ 選項填入空格中檢驗句意。
確認	瀏覽上下句，整體句意連貫，確認答案為 Ⓐ，正確答案就在題目上。

8. Steve has several meetings to attend every day; **therefore**, he has to work on a very _____ schedule.

Ⓐ dense　　Ⓑ various　　Ⓒ tight　　Ⓓ current

中譯	史蒂夫每天有好幾場會議要參加，因此他工作行程很<u>緊湊</u>。 Ⓐ 密集的　　Ⓑ 各種各樣的　　Ⓒ 緊湊的　　Ⓓ 現行的
取樣	瀏覽全文，藉標示詞therefore（因此）猜測前後句應呈現因果關係，取樣前半句的動詞片語has several meetings to attend（有好幾場會議要參加）。
預測	空格內應填入和has several meetings to attend語意緊密相關的字詞，依生活經驗判斷，每天有好幾個會要參加，行程必定是相當緊湊忙碌，預測選項 Ⓒ tight（緊湊的）為可能答案。 (注意) on schedule其意為「按照預定計畫地；準時地」。

檢驗	將 **C** 選項填入空格中檢驗句意。
確認	瀏覽上下句，整體句意連貫，確認答案為 **C**，正確答案就在題目上。

9. **Since** Diana is such an _____ speaker, she has won several medals for her school in national speech contests.

A authentic　　**B** imperative　　**C** eloquent　　**D** optional

中譯	由於黛安娜是一位辯才無礙的演講者，她已經在全國演講比賽中為學校贏得數面獎牌。 **A** 真實的　**B** 必要的　**C** 辯才無礙的　**D** 可選擇的；選修的
取樣	瀏覽全文，藉標示詞Since（因為；由於）猜測前後句應呈現因果關係，取樣後半句的動詞片語won several medals（贏得數面獎牌）、名詞片語national speech contests（全國演講比賽）。
預測	空格內應填入和正面線索won several medals、national speech contests語意緊密相關的字詞，依常理推斷，黛安娜能在全國演講比賽贏得數面獎牌，因為她口才一流利，預測選項**C** eloquent（辯才無礙的、口才流利的）為可能答案。
檢驗	將 **C** 選項填入空格中檢驗句意。
確認	瀏覽上下句，整體句意連貫，確認答案為 **C**，正確答案就在題目上。

10. The potato chips have been left uncovered on the table for **such** a long time **that** they no longer taste fresh and _____.

Ⓐ solid   Ⓑ crispy   Ⓒ original   Ⓓ smooth

中譯	洋芋片沒有遮蓋，放在桌子上太久，以致於嚐起來不再新鮮<u>酥脆</u>。 Ⓐ 固體的 Ⓑ 酥脆的 Ⓒ 原始的 Ⓓ 光滑的
取樣	瀏覽全文，藉標示詞such...that（如此……以致於）猜測前後應呈現因果關係，取樣過去分詞uncovered（沒有被遮蓋）、副詞片語for a long time（如此地久）、否定副詞no longer（不再）。
預測	空格內應填入和負面線索uncovered...for a long time語意緊密相關的字詞，答題時須注意句中的否定詞no longer。依常理推斷，因為「負」，果必為「負」，洋芋片沒有遮蓋，長時間暴露在空氣中會變得不新鮮、不再酥脆。預測選項 Ⓑ crispy（酥脆的）為可能答案。
檢驗	將 Ⓑ 選項填入空格中檢驗句意。
確認	瀏覽上下句，整體句意連貫，確認答案為 Ⓑ，正確答案就在題目上。

11. **With pink cherry blossoms blooming everywhere**, the valley _____ like a young bride under the bright spring sunshine.

Ⓐ bounces   Ⓑ blushes   Ⓒ polishes   Ⓓ transfers

中譯	因為粉紅色的櫻花遍地盛開，明媚的春光下山谷就像年輕的新娘一樣紅了臉。 Ⓐ 彈跳 Ⓑ 臉紅 Ⓒ 擦亮 Ⓓ 轉移
取樣	瀏覽全文，藉With + O. + Ving（因為……）猜測前後應呈現因果關係，取樣前半的形容詞pink（粉紅色的）、名詞bride（新娘）。

預測	空格內應填入和pink語意緊密相關的字詞，依生活經驗推斷，新娘在婚禮上幸福洋溢，易害羞臉紅，預測選項 **Ⓑ** blushes（臉紅）為可能答案。
檢驗	將 **Ⓑ** 選項填入空格中檢驗句意。
確認	瀏覽上下句，整體句意連貫，確認答案為 **Ⓑ**，正確答案就在題目上。

12. The invention of the steam engine, which was used to power heavy machines, **brought about** a _____ change in society.

    Ⓐ persuasive   **Ⓑ** harmonious   **Ⓒ** conventional   **Ⓓ** revolutionary

中譯	蒸汽機用來驅動重型機器，它的發明為社會帶來了革命性的改變。 **Ⓐ** 有說服力的 **Ⓑ** 和諧的 **Ⓒ** 傳統的 **Ⓓ** 革命性的；巨變的
取樣	瀏覽全文，藉標示詞brought about（引起；導致）猜測前後應呈現因果關係，取樣前半句的名詞片語The invention of the steam engine（蒸汽機的發明）。
預測	空格內應填入和表「原因」the invention of the steam engine語意緊密相關的字詞，從歷史常識來判斷，蒸汽機的發明帶來一系列技術變革，導致從手工勞動轉變為動力機器生產的巨大改變，最終以機械代替人力，預測選項 **Ⓓ** revolutionary（革命性；巨變的）為可能答案。
檢驗	將 **Ⓓ** 選項填入空格中檢驗句意。
確認	瀏覽上下句，整體句意連貫，確認答案為 **Ⓓ**，正確答案就在題目上。

13. The _____ between the government and the general people of Egypt **led to** an eighteen-day demonstration, which **caused** the President to step down.

Ⓐ cabinet   Ⓑ conflict   Ⓒ captain   Ⓓ company

中譯	埃及政府與一般民眾之間的衝突導致長達十八天的示威抗議，最終迫使埃及總統下台。 Ⓐ 內閣；櫥櫃 Ⓑ 衝突 Ⓒ 船長；隊長 Ⓓ 公司
取樣	瀏覽全文，藉標示詞led to（引起；導致）和cause（成為……的原因）（參閱74頁），猜測前後應呈現因果關係，取樣後半的表「結果」的名詞片語eighteen-day demonstration（十八天的示威抗議）和片語動詞step down（下台）。
預測	空格內應填入和負面線索eighteen-day demonstration和step down語意緊密相關的字詞，依常理推斷，政府的貪腐、行政效能差、政府和百姓衝突都可能導致民眾的抗議，預測選項 Ⓑ conflict（衝突）為可能答案。
檢驗	將 Ⓑ 選項填入空格中檢驗句意。
確認	瀏覽上下句，整體句意連貫，確認答案為 Ⓑ，正確答案就在題目上。

14. Judge Harris always has good points to make. Her arguments are very _____ **as** they are based on logic and sound reasoning.

Ⓐ emphatic   Ⓑ indifferent   Ⓒ dominant   Ⓓ persuasive

中譯	哈利絲法官總是能提出很棒的論點。她的論証很有說服力，因為它們以邏輯與正確的推理為基礎。 Ⓐ 強調的 Ⓑ 冷漠的 Ⓒ 支配的；佔優勢的 Ⓓ 有說服力的
取樣	瀏覽全文，藉標示詞as（因為）猜測前後句應呈現因果關係，取樣後半句的名詞片語logic and sound reasoning（邏輯與正確的推理）。

預測	空格內應填入和正面線索logic and sound reasoning語意緊密相關的字詞,依常理推斷,如果論証是以邏輯與正確的推理為基礎,那這些論証必定很有說服力,預測選項 **D** persuasive(有說服力的)為可能答案。
檢驗	將 **D** 選項填入空格中檢驗句意。
確認	瀏覽上下句,整體句意連貫,確認答案為 **D**,正確答案就在題目上。

15. After working in front of my computer for the entire day, my neck and shoulders got _____, **so that** I couldn't even turn my head.

    A dense   **B** harsh   **C** stiff   **D** concrete

中譯	在電腦前工作一整天後,我的脖子和肩膀變得僵硬,所以我甚至無法轉頭。 **A** 濃密的 **B** 嚴厲的;惡劣的 **C** 僵硬的 **D** 具體的
取樣	瀏覽全文,藉標示詞so that(所以)猜測前後句應呈現因果關係,取樣表「結果」的後半句couldn't even turn my head(甚至無法轉頭)。 **注意** 取樣時別忘了否定詞couldn't。
預測	空格內應填入和couldn't even turn my head語意緊密相關的字詞,依常理推斷,會造成無法正常轉頭的原因,可能是肩頸受傷、肩頸僵硬,預測選項 **C** stiff(僵硬的)為可能答案。
檢驗	將 **C** 選項填入空格中檢驗句意。
確認	瀏覽上下句,整體句意連貫,確認答案為 **C**,正確答案就在題目上。

16. In some countries, looking at someone in the eye for too long is considered _____, **so** you should avoid doing it.

Ⓐ basic   Ⓑ classical   Ⓒ legal   Ⓓ rude

中譯	在某些國家，盯著某人的眼睛看太久被認為是<u>沒禮貌的</u>，所以你應該避免這麼做。 Ⓐ 基本的 Ⓑ 古典的 Ⓒ 合法的 Ⓓ 沒禮貌的
取樣	瀏覽全文，藉標示詞so（所以）猜測前後句應呈現因果關係，取樣表「結果」的後半句動詞avoid doing it（避免這麼做）。
預測	空格內應填入和avoid doing it語意緊密相關的字詞，依常理推斷，會避免去做的事，大多是不被大家認可或贊同的事，預測選項 Ⓓ rude（沒禮貌的）為可能答案。
檢驗	將 Ⓓ 選項填入空格中檢驗句意。
確認	瀏覽上下句，整體句意連貫，確認答案為 Ⓓ，正確答案就在題目上。

17. Mary and Jane often fight over which radio station to listen to. Their _____ **arises** mainly **from** their different tastes in music.

Ⓐ venture   Ⓑ consent   Ⓒ dispute   Ⓓ temptation

中譯	瑪莉和珍常為了要收聽哪一家廣播電臺而爭吵。她們兩人的<u>爭執</u>主要起因是對音樂的喜好不同。 Ⓐ 冒險 Ⓑ 同意 Ⓒ 爭執 Ⓓ 誘惑
取樣	瀏覽全文，藉標示詞arises from（起因於）（參閱第75頁）猜測前後應呈現因果關係，取樣後半句表「原因」的名詞片語different tastes（喜好不同）。此外，也取樣前句的動詞片語fight over（爭吵）。
預測	空格內應填入和different tastes語意緊密相關的字詞，從生活經驗來推斷，人常會因為喜好不同而產生摩擦或爭執，前句的fight over也可呼應這個答案，預測選項 Ⓒ dispute（爭執）為可能答案。

檢驗	將 **C** 選項填入空格中檢驗句意。
確認	瀏覽上下句，整體句意連貫，確認答案為 **C**，正確答案就在題目上。

18. **Because of** the engine problem in the new vans, the auto company decided to _____ them from the market.

A recall　　**B** clarify　　**C** transform　　**D** polish

中譯	因為新款廂型貨車的引擎有問題，所以汽車公司決定把它們從市場上召回。 **A** 召回　　**B** 澄清　　**C** 轉變　　**D** 擦亮
取樣	瀏覽全文，藉標示詞Because of（因為）猜測前後應呈現因果關係，取樣表「原因」的副詞片語Because of 後的受詞engine problem（引擎問題）。
預測	空格內應填入和負面線索engine problem語意緊密相關的字詞，從生活經驗來推斷，如果新款廂型貨車出現引擎問題，為了駕駛安全，維護商譽，汽車公司會召回汽車維修，預測選項 **A** recall（召回）為可能答案。
檢驗	將 **A** 選項填入空格中檢驗句意。
確認	瀏覽上下句，整體句意連貫，確認答案為 **A**，正確答案就在題目上。

19. Schools are generally held _____ for accidents happening on campus. **Thus**, relevant insurance plans are necessary.

A ignorant　　**B** liable　　**C** affectionate　　**D** subsequent

中譯	學校對校園內發生的事故一般負有責任。因此，相關的保險計畫是必要的。 **A** （對某事物）不瞭解的；無知的　　**B** 應負（法律）責任的、有義務的　　**C** 表示關愛的　　**D** 隨後的、其次的

取樣	瀏覽全文，藉標示詞Thus（因此）猜測前後句應呈現因果關係，取樣後句表「結果」的形容詞necessary（必要的）。
預測	空格內應填入和necessary語意緊密相關的字詞，依常理推斷，學校對校園事件負有責任，因此有必要做保險計畫，藉由保險規畫來分擔風險，預測選項 **B** liable（應負（法律）責任的）其後接介系詞for為可能答案。
檢驗	將 **B** 選項填入空格中檢驗句意。
確認	瀏覽上下句，整體句意連貫，確認答案為 **B**，正確答案就在題目上。

20. **Due to** a budget cut, our company's annual year-end party, which is usually quite a treat, has to be held at a ＿＿＿＿ cost.

　　A hostile　　**B** barren　　**C** minimal　　**D** systematic

中譯	我們公司一般來說都有很盛大的年度尾牙宴，今年由於預算刪減，不得不以最低成本來舉辦。 **A** 有敵意的　　**B** 貧瘠的　　**C** 最小的、最低的　　**D** 有系統的
取樣	瀏覽全文，藉標示詞Due to（因為、由於）猜測前後應呈現因果關係，取樣表「原因」的副詞片語due to a budget cut（由於預算刪減）。
預測	空格內應填入和負面線索budget cut語意緊密相關的字詞，從生活經驗來判斷，預算遭到刪減，尾牙只能用低成本來舉辦，預測選項 **C** minimal（最小的、最低的）為可能答案。
檢驗	將 **C** 選項填入空格中檢驗句意。
確認	瀏覽上下句，整體句意連貫，確認答案為 **C**，正確答案就在題目上。

21. As he pulled out of the parking lot, Mr. Chuang drove **so** _____ **that** he hit several vehicles and almost knocked down a small girl.

Ⓐ disgracefully   Ⓑ fabulously   Ⓒ noticeably   Ⓓ recklessly

中譯	莊先生駕車離開停車場時，行駛得如此<u>魯莽</u>，不僅碰撞到好幾輛車子，還差點撞倒一個小女孩。 Ⓐ 可恥地、失體面地 Ⓑ 極其；非常 Ⓒ 顯眼地；顯著地 Ⓓ 魯莽地
取樣	瀏覽全文，藉標示詞so...that（如此……以致於）猜測前後應呈現因果關係，取樣表「結果」的副詞子句that he hit several vehicles（他碰撞到好幾輛車子）和almost knocked down a small girl（差點撞倒一個小女孩）。
預測	空格內應填入和負面線索hit several vehicles、almost knocked down a small girl語意緊密相關的字詞，從生活經驗來判斷，開車撞到數輛車子，甚至差點撞到一個小女孩，代表駕車不夠謹慎，預測選項 Ⓓ reckless（魯莽地）為可能答案。
檢驗	將 Ⓓ 選項填入空格中檢驗句意。
確認	瀏覽上下句，整體句意連貫，確認答案為 Ⓓ，正確答案就在題目上。

Chapter
4

認識並列結構：

AND 型

暖身題

Choose the answer that best completes each sentence below.

1. Jesse is a talented model. He can easily adopt an elegant _____ for a camera shoot.

Ⓐ clap **Ⓑ** toss **Ⓒ** pose **Ⓓ** snap

中譯	傑西是位有才華的模特兒。他能輕鬆地擺出優雅的<u>姿勢</u>來拍攝照片。 **Ⓐ** 拍手 **Ⓑ** 丟擲 **Ⓒ** 姿勢 **Ⓓ** 拍照；攝影
取樣	瀏覽全文，藉由第一句的句點（.）猜測前後句意義必須呈現並列，後句解釋前句（參閱109頁「補充說明」的線索），取樣前句的名詞片語talented model（有才華的模特兒），語意焦點在talented，而後句有些字詞是用來補充說明talented model。
預測	空格內應填入和talented model語意緊密相關的字詞，此外，這個字需跟camera shoot有關，從常識來推斷，有才華的模特兒在拍照時，能擺出各種優雅的姿勢，預測選項 **Ⓒ** pose（姿勢）為可能答案。
檢驗	將 **Ⓒ** 選項填入空格中檢驗句意。
確認	瀏覽上下句，整體句意連貫，確認答案為 **Ⓒ**，正確答案就在題目上。

2. Upon the super typhoon warning, Nancy rushed to the supermarket—only to find the shelves almost _____ **and** the stock nearly gone.

Ⓐ blank **Ⓑ** bare **Ⓒ** hollow **Ⓓ** queer

中譯	超級颱風警報一發布，南西就趕往超市，卻發現貨架上幾乎<u>空無一物</u>（bare），幾乎沒東西可買了。 **Ⓐ** 空白的 **Ⓑ** 空的 **Ⓒ** 空心的 **Ⓓ** 奇怪的

文法解說	1. only to + verb 意思是「結果出乎意料；反而；結果卻」。可表結果，修飾其前的動詞。
	例 John studied hard <u>only to</u> fail.
	= John studied hard <u>but</u> he failed.
	約翰很用功，結果卻失敗了。
	▶ only to fail修飾其前的動詞studied的結果
	2. 介系詞upon意思是「（在某事發生時）一……就」
	▶ 相當於連接詞片語as soon as
	例 <u>Upon</u> his arrival home, he switched on the TV.
	= <u>As soon as</u> he arrived home, he switched on the TV.
	他一到家就打開電視。
詞彙解說	根據《牛津英漢雙解詞典》第八版，blank的第一個定義是：empty, with nothing written, printed or recorded on it（空白的，上面沒有任何文字、印刷或記錄），例如：a blank page（空白的一頁）；bare的第四個定義是：(of a room, cupboard, etc.) empty（房間、櫃子等空的），例如：bare shelves（空蕩蕩的架子）；hollow的第一則定義是：having a hole or empty space inside（裡面有洞或有空間的），例如：a hollow ball（中空的球）。
取樣	瀏覽全文，藉由標示詞and猜測前後句意義必須呈現並列（equality of ideas），find的後面所接的受詞（shelves）和受詞補語（almost _____）以及受詞（the stock）和受詞補語（nearly gone），兩者應該關係密切（closely related），意義必須相等或相稱，才取樣後句的nearly gone（快賣光了）。
預測	空格內應填入和線索nearly gone語意緊密相關的字詞，從生活經驗來判斷，超級颱風警報一發布，貨架上的商品，幾乎會被一掃而空，存貨也幾乎銷售一空，預測選項 **Ⓑ** bare（空的）為可能答案。
檢驗	將 **Ⓑ** 選項填入空格中檢驗句意。
確認	瀏覽上下句，整體句意連貫，確認答案為 **Ⓑ**，正確答案就在題目上。

3. My grandfather has astonishing powers of _____. He can still vividly describe his first day at school as a child.

Ⓐ resolve   Ⓑ fraction   Ⓒ privilege   Ⓓ recall

中譯	我的祖父有驚人的<u>回憶</u>能力。他還能生動地描述小時候上學的第一天。 Ⓐ 決心 Ⓑ 小部分 Ⓒ 特權 Ⓓ 回憶；記憶力
取樣	瀏覽全文，藉由第一句的句點（.）猜測前後句意義必須呈現並列關係，後句補充說明前句（參閱109頁「補充說明」的線索），取樣後句的動詞片語vividly describe（生動地描述）及它的受詞his first day at school as a child（小時候上學的第一天）。
預測	空格內應填入和正面線索vividly describe和his first day at school as a child語意緊密相關的字詞，依常理推斷，老年人能生動地描述小孩時候上學第一天，代表他擁有驚人的回憶能力，預測選項 Ⓓ recall（回憶能力）為可能答案。
檢驗	將 Ⓓ 選項填入空格中檢驗句意。
確認	瀏覽上下句，整體句意連貫，確認答案為 Ⓓ，正確答案就在題目上。

4. Tom is really a naughty boy. He likes to _____ and play jokes on his younger sister when their parents are not around.

Ⓐ alert   Ⓑ spare   Ⓒ tease   Ⓓ oppose

中譯	湯姆真是個頑皮的男孩。父母不在場時，他愛<u>戲弄</u>、捉弄他的年輕妹妹。 Ⓐ 警告 Ⓑ 撥出；留出 Ⓒ 戲弄；尋開心 Ⓓ 反對
取樣	瀏覽全文，藉由第一句的句點（.）猜測前後句意義必須呈現相等或相稱，後句補充說明前句，取樣前句的naughty（頑皮的）和後句標示詞and後的動詞片語play jokes（作弄）。

預測	空格內應填入和naughty和play jokes語意緊密相關的字詞，依常理推斷，頑皮的孩子愛捉弄人。此外，and前方的空格須填入一個和play jokes語意緊密相關的動詞，tease是play jokes的近義字，預測選項 **C** tease（戲弄）符合這個語境。
檢驗	將 **C** 選項填入空格中檢驗句意。
確認	瀏覽上下句，整體句意連貫，確認答案為 **C**，正確答案就在題目上。

5. Upon hearing its master's call, the dog wagged its tail**, and** followed her out of the room _____.

A obediently　　**B** apparently　　**C** logically　　**D** thoroughly

中譯	狗兒一聽到主人的呼喚，就搖著尾巴，聽話地跟著她走出房間。 **A** 聽話地；順從地　　**B** 明顯地　　**C** 合乎邏輯地 **D** 完全地；徹底地
取樣	瀏覽全文，藉標示詞and猜測前後句語意呈現並列關係，意義必須相關或相稱，取樣前句的動詞片語wagged its tail（搖著尾巴）和後句的動詞followed（跟著）。
預測	空格內應填入修飾followed的副詞，從生活經驗來判斷，狗聽到主人的呼喚會搖尾巴，想必會聽主人的話，聽話地跟著主人走出房間，預測選項 **A** obediently（聽話地）為可能答案。
檢驗	將 **A** 選項填入空格中檢驗句意。
確認	瀏覽上下句，整體句意連貫，確認答案為 **A**，正確答案就在題目上。

6. The company is _____ **and** making great profits under the wise leadership of the chief executive officer.

Ⓐ applauding   **Ⓑ** flourishing   **Ⓒ** circulating   **Ⓓ** exceeding

中譯	公司在執行長英明的領導下，興旺發達，獲利豐碩。 **Ⓐ** 鼓掌　**Ⓑ** 蓬勃發展　**Ⓒ** 循環　**Ⓓ** 超過
取樣	瀏覽全文，藉標示詞and猜測前後語意呈現並列關係，意義必須相關或相稱，取樣後面的動詞片語 (is) making great profits（獲利豐碩）。
預測	空格內應填入和making great profits語意緊密相關的字詞，依常理推斷，公司生意蒸蒸日上，蓬勃發展，才能獲利豐碩，預測選項 **Ⓑ** flourishing（蓬勃發展）符合這個語境。
檢驗	將 **Ⓑ** 選項填入空格中檢驗句意。
確認	瀏覽上下句，整體句意連貫，確認答案為 **Ⓑ**，正確答案就在題目上。

7. Let's make a _____; you cook dinner and I do the dishes.

Ⓐ call   **Ⓑ** deal   **Ⓒ** guess   **Ⓓ** scene

中譯	我們做個協議：你煮晚餐，我洗碗。 **Ⓐ** 一通電話　**Ⓑ** 協議　**Ⓒ** 猜測　**Ⓓ** 景色
取樣	瀏覽全文，藉分號（;）猜測前後句呈現並列關係，分號代替對等連接詞，連接兩個關係緊密的子句，取樣後面的動詞片語cook dinner（煮晚餐）和do the dishes（洗碗）。
預測	空格內應填入和後句cook dinner和do the dishes語意緊密相關的字詞，從生活經驗來判斷，句中提到一人煮晚餐，另一人洗碗，是在家事分工或談條件，預測選項 **Ⓑ** deal（協議）為可能答案。
檢驗	將 **Ⓑ** 選項填入空格中檢驗句意。

確認	瀏覽上下句，整體句意連貫，確認答案為 **B**，正確答案就在題目上。

8. Hand washing is one of the best ways to keep healthy and stop the spread of _____ **and** viruses.

A bacteria　　**B** fever　　**C** moisture　　**D** sweat

中譯	洗手是保持健康，防止細菌和病毒擴散的最佳方式之一。 **A** 細菌　**B** 發燒　**C** 濕氣　**D** 汗水
取樣	瀏覽全文，藉標示詞and猜測前後語意呈現並列關係，意義必須相關或相稱，取樣後面的名詞viruses（病毒）。
預測	空格內應填入和負面線索viruses語意緊密相關的字詞，從生活經驗來判斷，細菌和病毒是危害健康的導因，洗手可以防止細菌和病毒擴散，預測選項 **A** bacteria（細菌）符合這個語境。
檢驗	將 **A** 選項填入空格中檢驗句意。
確認	瀏覽上下句，整體句意連貫，確認答案為 **A**，正確答案就在題目上。

9. Research shows that men and women usually think differently. For example, they have quite different _____ about what marriage means in their life.

A decisions　　**B** beliefs　　**C** styles　　**D** degrees

中譯	研究顯示男性與女性通常想法不同。舉例來說，他們對於婚姻在生命中的意義有著完全不同的看法。 **A** 決定　**B** 信念；看法　**C** 風格　**D** 程度；度
取樣	瀏覽全文，藉句點（.）猜測前後句語意呈現並列關係，此外，從舉例時常用的詞語For example得知後句說明前句，取樣前句的think differently（想法不同）。

預測	空格前已有different，空格內應填入和think語意緊密相關的字詞，預測選項 **B** beliefs（看法）符合這個語境。
檢驗	將 **B** 選項填入空格中檢驗句意。
確認	瀏覽上下句，整體句意連貫，確認答案為 **B**，正確答案就在題目上。

10. Mangoes are a ＿＿＿ fruit here in Taiwan; most of them reach their peak of sweetness in July.

    A mature   **B** usual   **C** seasonal   **D** particular

中譯	芒果是一種臺灣季節性水果；大部分的芒果在七月最甜。 **A** 成熟的 **B** 尋常的 **C** 季節性的 **D** 特別的
取樣	瀏覽全文，藉分號（;）猜測前後句意義必須呈現並列（equality of ideas），分號代替對等連接詞，連接兩個關係緊密的子句，取樣後句的July（七月）。
預測	空格內應填入和July語意緊密相關的字詞，七月是夏季，預測選項 **C** seasonal（季節性的）符合這個語境。
檢驗	將 **C** 選項填入空格中檢驗句意。
確認	瀏覽上下句，整體句意連貫，確認答案為 **C**，正確答案就在題目上。

題型解說

And 型【並列結構（equality of ideas）】

---　**如何翻譯 And**　---

不要一見到"and"就譯為中文「和」、「跟」、「與」等字。

❶ And 連接名詞：一般只有 and 在連接兩個名詞時才會用「和」、「跟」、「與」等字，甚至也可省略不譯，如：人有<u>悲歡離合</u>，月有<u>陰晴圓缺</u>，此事古難全。

例1 Time <u>and</u> tide wait for no me.
時間與潮汐不等人。 ⎱
光陰潮汐不待人。 ⎰ →歲月不待人。

▶ time 與 tide：名詞平行排比或平行對稱

例2 Books <u>and</u> friends should be few but good.
書本與朋友宜少宜精。 ⎱
書籍朋友要少但要好。 ⎰ →書與友不在多而在精；廣交不如擇友。

▶ books 與 friends：名詞平行排比或平行對稱

例3 Age <u>and</u> experience teach wisdom.
年齡與歷練增人智。

例4 Sticks <u>and</u> stones may break my bones, but words may never hurt me.
木頭石頭可以打斷我骨頭，謾罵絕對傷不了我。→笑罵由他笑罵。

例5 There are <u>people and people</u>.
人有千百種。→好的壞的都有。

例6 <u>Bread and butter</u> is fattening.
✘ 奶油和麵包會使人發胖。
○ 奶油麵包會使人發胖。

❷ And 連接動詞或動名詞：不可以譯成「和」，有時也可以省略不譯。例如：

例1 Forget <u>and</u> forgive.
寬恕而後忘記。→不念舊惡，既往不咎。

例2 Live <u>and</u> learn.
活著就要學習。→活到老，學到老。

例3 We drank <u>and</u> sang merrily.
🖓 我們高興地喝酒和唱歌。
👍 我們高興地又喝酒又唱歌 / 我們高興地喝酒唱歌。

例4 Dicing, drabbing, <u>and</u> drinking are the three D's to destruction.
賭、嫖、酒是三個致命傷。

▶ dicing、drabbing與drinking：動名詞平行對稱

❸ And 連接形容詞、副詞、片語：And 連接形容詞，不宜譯成「和」、「跟」，可譯成「又……又」、「既……又」、「既……且」、「且」。

例1 John is intelligent <u>and</u> diligent.
✗ 約翰聰明和勤勉。
○ 約翰既聰明又勤勉。

例2 The train ran quickly <u>and</u> smoothly.
火車行駛得又快又穩 / 火車行駛得既快且穩。

例3 Early to bed and early to rise makes a man healthy, wealthy, <u>and</u> wise.
早睡早起使人健康、富有、（又）聰明。

❹ And 連接句子更不可譯成「和」，應視情況省略或變通。

例1 The soldiers constructed a bridge <u>and</u> (they) brought the cannons across the river.

士兵築了橋，然後把大砲運過河。

例2 Marriage halves our grief, doubles our joy, <u>and</u> quadruples our expenses.

結婚使憂愁減半，歡樂加倍，開銷加四倍。

例3 The father buys, the son builds, the grandson sells, <u>and</u> his son begs.

父買地，子建地，孫賣地，曾孫行乞。→富不過三代。

例4 Young men look forward, the middle-aged look around, <u>and</u> old men look back.

年青人眺望未來，中年人瞻前顧後，老年人回首憶往。

分析並列結構 (equality of ideas)

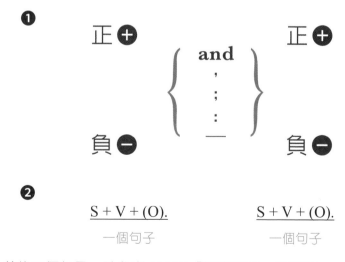

❶

正➕ 　　　and　　　 正➕

　　　　　，

　　　　　；

　　　　　：

負➖ 　　　—　　　 負➖

❷

S + V + (O). 　　　　　 S + V + (O).

一個句子 　　　　　 一個句子

前後二個句子，請參考 109 頁「補充說明」的線索。

句中若用對等連接詞 and、逗號（,）、分號（;）、冒號（:）或破折號（—）連接兩部分，這兩部份意義必須一致或平行，譬如二則均為正面意義或二則均為反面意義。類似的連結關係，除 and 外，還包括 not only...but also...、as well as 等。此外分號（semicolon）可以代替對等連接詞，連接兩個關係密切（closely related）的字句。至於冒號（:）通常用於解說第一個主要子句的第二個主要子句之前。

🅐 Learning without thought is labor lost; thought without learning is perilous.

學而不思則罔；思而不學則殆。

🅑 The humane man, desiring to be established himself, seeks to establish others; desiring himself to succeed, he helps others to succeed.

己欲立而立人；己欲達而達人。

🅒 We have had to abandon our holiday plans: the dates didn't work out.

我們必須放棄休假的計畫：日期沒有弄好。

🅓 Her intention is obvious: she wants to marry him.

她的意圖很明顯：她就是要嫁給他。

其他應注意之處

❶ 避免主詞曖昧不明，無法讓讀者意會主詞是誰。因此，為了維持接續的功能，前後二句的主詞最好一致。沒必要，不可隨便轉移。

a) 👎 John returned to Taiwan. <u>Numerous buildings</u> along Taipei streets were seen.

👍 John returned to Taiwan. <u>He</u> saw numerous buildings along Taipei streets.

約翰回到了台灣。他看到台北街頭的許多建築物。

b) 👎 John arrived in Taipei and many skyscrapers came into his sight.

👍 John arrived in Taipei and saw many skyscrapers.

約翰抵達台北，看到了許多摩天大樓。

❷ This / that 可代替前面已經說過的句子或子句，以避免重複。

a) <u>He always got up at nine</u>. <u>This</u> made him a very lazy man.
(=He always got up at nine. That he always got up at nine made him a very lazy man.)

他總是九點起床，這樣使他成為一個很懶的人。

This 是代替前面的句子 "He always got up at nine." 做後面句子裡動詞 <u>made</u> 的主詞。

b) He will give his vote to me, but <u>that</u> is not enough.
(=He will give his vote to me, but that he will give his vote to me is not enough.)

他願意投我一票，但那是不夠的。

that 是代替前面的句子 "He will give his vote to me," 做後面句子裡動詞 <u>is</u> 的主詞。

上下文中的線索

　　英語學習者是否能依據上下文推測出生詞的含義，取決於是否能找出文章中的詞彙或句構所提供常見的線索來幫助理解，而非只靠生詞或單字本身的意思，應以整句或整段的理解為主。

「定義」的線索（definition clue）

　　作者為幫助讀者理解生詞，常常在文句中下定義，因此讀者應注意提示生詞定義的相關字詞，如接在現在式動詞 mean, be defined as, be known as, be called, be considered, refer to, is, are 等之後，或在解釋性的片語（如 that is (to say), in other words, namely 等）之後。例如：

❶ The red light <u>means</u> "stop" .
　紅燈表示「停」。

❷ Creativity <u>by definition</u> <u>means</u> going against the tradition and breaking the rules.
　創造力的定義是違背傳統，打破規則。

❸ Triangle <u>is defined as</u> a plain figure with three sides and three angles.
　三角形的定義是有三個邊和三個角的平面圖形。

❹ What do these numbers <u>refer to</u>?
　這些數字表示什麼意思？

❺ Self-knowledge <u>refers to</u> the ability to know what we know and what we do not know.
　自我認知指的是瞭解自己知道什麼以及不知道什麼的能力。

❻ A professor <u>is</u> a teacher of the highest rank in a university.

教授是大學裡最高職位的教師。

❼ Synesthesia <u>is</u> a condition in which people's senses intermix.

聯覺是一種人的感官感受混合在一起的狀況。

❽ There is nothing that costs less than civility. <u>In other words</u>, courtesy costs nothing.

沒有比禮貌更不要花錢的；換言之，禮貌不用花錢。

▶ 以禮待人，貴而不貴

❾ Human rights <u>are</u> fundamental rights to which a person is inherently entitled, <u>that is</u>, rights that she or he is born with.

人權是天生被賦予的基本權利，也就是與生俱來的權利。

「補充說明」的線索（explanation clue）

　　有時生詞的詞義可能出現在比下定義略長的補充說明句中，該句可能是另一句，如下列❶～❸句，或句中用分號（;）如 111 頁❶句、逗號（,）如 110 頁❹～❻句、冒號（:）如❼句、括弧如❿句，或引號提示的某一部分，如❽～❾句。

❶ Chinese is a language with many <u>regional</u> differences. People living in different areas often speak different dialects.

中文是一種有很多地區性差異的語言，住在不同地區的人常常講不同的方言。

❷ Many factors may explain why people <u>are addicted to the Internet</u>. One factor contributing to this phenomenon is the easy access to the Net.

許多因素可以說明大家為何沉迷於網際網路，造成這種現象的一個因素就是上網太容易了。

❸ Did I say "a lot of dime"? Oh, I'm really sorry. I meant to say "a lot of time." It was a slip of the tongue.

我剛剛說的是「很多硬幣」嗎？噢，非常抱歉，我本意是說「很多時間」。那只是失言。

❹ What the elderly people need is moderate exercise, not those sports requiring great physical effort.

老年人所需要的是溫和的運動，而不是那些需要大量體力的運動。

❺ Most dictionaries give the etymology, or the origin, of each word.

大部分辭典都提供「字源」，也就是字的肇始。

> **說明**
>
> 不要一見到 "or" 就譯成「或者」。or 之前若有逗號（,）可譯成「亦即、也就是、換句話說」（that is, that means）。

❻ Obon, or the Bon Festival, is a Japanese holiday that honors the spirits of the dead.

日本的盂蘭盆節，也就是the Bon Festival，是一個紀念死者亡靈的節日。

❼ The little boy is very inquisitive: he is interested in a lot of different things and always wants to find out more about them.

這個小男孩很好問：他對許多不同的事物都有興趣，總是想要發現更多相關的事物。

❽ In the recent meeting, Xi said that China aimed to cooperate with Russia, and Putin likewise praised the "multifaceted ties" they have forged.

在最近的會議上，習近平說中國打算與俄羅斯合作，而普丁也稱讚他們所建立的「多面向的關係」。

❾ But sometime in the 1760s, the merchant class of Paris developed a taste for healthy clear broths which were considered restorative; hence the term "restaurant."

但在18世紀60年代的某個時候，巴黎的商賈階級開始喜歡上對健康有益的清湯，大家認為這種湯能恢復精力（restorative）；因此出現了「餐廳（restaurant）」這個詞。

❿ In "perfect weather", the <u>humidity</u> (<u>moisture in the air</u>) is about 65 percent.

「完美天氣」的濕度（空氣中的水氣）約為百分之六十五。

⓫ John is a <u>passionate</u> social worker; he has strong feelings in defending the rights of the minority and fighting against inequality.

約翰是熱情的社會工作者，他對捍衛少數民族的權利和對抗不平等有著強烈的情感。

「實例解釋」的線索（example clue）

生詞的含義也可從文中通俗易懂的例子，藉日常生活的經驗所提供的常識來推斷。舉例時一般會用到的詞語：such as 如❶句、for example 如❷句、for instance 如❸句、including 如❹句以及 especially 如❺句等。為了強調或解釋某一事物，作者常常會在括弧內如❻、❼句，或者破折號（—）後對生詞進行解釋，如❽句，逗號（,）或縮略字如 e.g. (=for example) 如❾和❿句，i.e. (=that is/in other words) 如⓫、⓬句等。

❶ I like drinks <u>such as</u> tea and coffee.

我喜歡喝諸如茶和咖啡之類的飲料。

❷ Silence in some way is as expressive as speech. It can be used to show, <u>for example</u>, disagreement or lack of interest.

從某些方面來說，沉默跟言語一樣可以表情達意。舉例來說，沉默可以用來表達不同意或者沒興趣。

❸ The new manager is very demanding. <u>For instance</u>, the employees are given much shorter deadlines for the same tasks than before.

新上任的經理要求很高，舉例來說，相同的工作，給員工的最後期限卻比以前短很多。

❹ We decided to buy some <u>appliances</u> for our new apartment, including <u>a refrigerator</u>, <u>a vacuum cleaner</u>, and <u>a dish washer</u>.

我們決定為我們的新公寓購買一些家電，包括冰箱、吸塵器和洗碗機。

❺ He likes all extracurricular activities, <u>especially</u> basketball playing.

他喜歡所有的課外活動，尤其是打籃球。

❻ The <u>colors</u> of the flag (<u>red</u>, <u>yellow</u> and <u>white</u>) decorated convention center.

那旗幟的顏色（紅、黃、白）裝飾了大會中心。

❼ Celebration often begins with *mukaebi* (welcoming fire), during which people make a small bonfire in front of their house to guide spirits upon their return back home.

慶祝活動通常由mukaebi（迎火）開始，此時大家會在自家門口前點燃小型營火，以引導返家的靈魂們。

❽ The entire <u>teaching facilities</u> — <u>console, booths, tapes, earphones, and tape recorders</u> — were impaired by the earthquakes.

這場地震使所有的教學設備都受損害，包括操作桌、隔間、錄音帶、耳機與錄音機。

❾ <u>Minerals</u> are important to our bodies, e.g. <u>calcium and sodium</u>.

礦物質對我們身體很重要，例如鈣、鈉等。

e.g. = (拉丁語) exempli gratia，表例如 (=for example) 之意。將「e.g.」後面的詞彙作為實例用來解說「e.g.」前面的詞彙。

❿ At approximately the same time, the Earl of Sandwich popularized a new way of eating bread—in thin slices, with <u>something</u> (e.g., <u>jam or cucumbers</u>) between them.
大約同時期，三明治伯爵推廣一種吃麵包的新方法，也就是將麵包切成薄片，中間夾配料（例如果醬或黃瓜）。

⓫ The film is meant only for <u>adults</u>, i.e. <u>people over 18</u>.
這部電影是成人電影，換言之，只限18歲以上的人觀看。

i.e. = (拉丁語) id est，意思是「即」、「換言之」(=that is; in other words)。將「i.e.」後面的詞彙用來解說「i.e.」前面的詞彙。

⓬ The cactus's thick <u>outer layer</u> (i.e., <u>husk</u>), with all those spines, had always been viewed as a waste product until researchers developed a biogas generator to turn the husks into electricity.
仙人掌布滿尖刺的厚實外層（即外殼）一直都被當作是廢料，直到研究人員開發出沼氣發電機將這些外殼轉變成電力。

實力驗收

測驗學生運用英語詞彙的能力，並考查學生學習成效的測驗。
Choose the answer that best completes each sentence below.

1. Lisa _____ onto the ground **and** injured her ankle while she was playing basketball yesterday.

Ⓐ buried   **Ⓑ** punched   **Ⓒ** scattered   **Ⓓ** tumbled

中譯	麗莎昨天在打籃球時，跌倒摔在地上，弄傷了腳踝。 **Ⓐ** 埋葬 **Ⓑ** 以拳痛擊 **Ⓒ** 分散 **Ⓓ** 跌倒
取樣	瀏覽全文，藉標示詞and猜測前後語意呈現並列關係，意義必須相等或相稱，取樣後面的動詞片語injured her ankle（弄傷了腳踝）。
預測	空格內應填入和負面線索injured her ankle語意緊密相關的字詞，從生活經驗判斷，打籃球因跌倒摔在地上時，才有可能弄傷腳踝，預測選項 **Ⓓ** tumbled（跌倒）符合這個語境。
檢驗	將 **Ⓓ** 選項填入空格中檢驗句意。
確認	瀏覽上下句，整體句意連貫，確認答案為 **Ⓓ**，正確答案就在題目上。

2. The problem of illegal drug use is very complex **and** cannot be traced to merely one _____ reason.

Ⓐ singular   **Ⓑ** countable   **Ⓒ** favorable   **Ⓓ** defensive

中譯	非法毒品使用的問題非常複雜，無法只追溯到單一原因。 **Ⓐ** 單一的 **Ⓑ** 可數的 **Ⓒ** 有利的 **Ⓓ** 防禦的
取樣	瀏覽全文，藉標示詞and猜測前後句語意必須呈現並列（equality of ideas），意義必須相等或相稱，取樣前句擔任主詞補語的形容詞complex（複雜的）。此外，也需取樣否定詞not（不）。

預測	空格內應填入和complex語意緊密相關的字詞，從常理推斷，使用非法毒品的問題非常複雜，無法只追溯到單一原因，預測選項 Ⓐ singular（單一的）符合這個語境。complex ≠ merely one。
檢驗	將 Ⓐ 選項填入空格中檢驗句意。
確認	瀏覽上下句，整體句意連貫，確認答案為 Ⓐ，正確答案就在題目上。

3. One week after the typhoon, some bridges were finally opened **and** bus service _____ in the country's most severely damaged areas.

Ⓐ departed　　Ⓑ resumed　　Ⓒ transported　　Ⓓ corresponded

中譯	颱風過境後一週，該國受損最嚴重的地區中，有些橋梁終於開放通行，公車服務也恢復了。 Ⓐ 出發　Ⓑ 恢復　Ⓒ 運送　Ⓓ 相符；一致
取樣	瀏覽全文，藉標示詞and猜測前後句語意必須呈現並列，前後句正向的意義必須一致，取樣前句的被動動詞were opened（開放通行）。
預測	空格內應填入和were opened語意緊密相關的字詞，從常理推斷，颱風過後，損壞的設備經過搶修，或暫停的服務恢復營運，例如：橋梁重新開放通行，公車服務恢復，都會讓生活逐漸回歸常軌，預測選項 Ⓑ resumed（恢復）為可能答案。
檢驗	將 Ⓑ 選項填入空格中檢驗句意。
確認	瀏覽上下句，整體句意連貫，確認答案為 Ⓑ，正確答案就在題目上。

5. Chris never shows up at meetings on time. His excuse for being _____ late is that he wants to avoid small talk at the beginning of the meetings.

Ⓐ consistently　　Ⓑ respectfully　　Ⓒ indifferently　　Ⓓ enormously

中譯	克里斯從未準時出席會議，他<u>向來</u>遲到的藉口是都想避開在會議剛開始的寒暄。 Ⓐ 一向；一直　Ⓑ 恭敬地　Ⓒ 冷淡地　Ⓓ 非常；極其
取樣	瀏覽全文，藉句號（.）猜測前後句語意呈現並列，後句解釋前句，取樣前句的否定副詞never（從未）和on time（準時）。 （注意）show up意思是「露面；出現」。
預測	空格內應填入和never...on time語意緊密相關的字詞，依常理推斷，一個人從未準時出席會議，代表他總是遲到，預測選項 Ⓐ consistently（一向；一直）為可能答案。
檢驗	將 Ⓐ 選項填入空格中檢驗句意。
確認	瀏覽上下句，整體句意連貫，確認答案為 Ⓐ，正確答案就在題目上。

6. No matter how bad things look, I try to keep an _____ attitude. In other words, I look on the bright side.

Ⓐ occasional　　Ⓑ official　　Ⓒ optimistic　　Ⓓ original

中譯	不論事情看起來多糟，我試試保有<u>樂觀的</u>態度。換句話說，我都看光明的一面。 Ⓐ 偶然的　Ⓑ 官方的　Ⓒ 樂觀的　Ⓓ 起初的；原始的
取樣	瀏覽全文，從解釋性的片語In other words（換句話說）可知後句解釋前句，取樣後句的<u>動詞+副詞片語</u>look on the bright side（看光明的一面）。
預測	空格內應填入和look on the bright side語意緊密相關的字詞，依常理推斷，一個人遇到事情時能看光明的一面，代表態度樂觀，預測選項 Ⓒ optimistic（樂觀的）符合這個語境。

檢驗	將 **C** 選項填入空格中檢驗句意。
確認	瀏覽上下句,整體句意連貫,確認答案為 **C**,正確答案就在題目上。

7. The _____ of Taiwan is over 23 million. That is, there are more than 23 million people living in Taiwan.

A pollution　　**B** calculation　　**C** portion　　**D** population

中譯	台灣的<u>人口</u>超過兩千三百萬。也就是說,有超過兩千三百萬人居住在台灣。 **A** 汙染　　**B** 計算　　**C** 部分 **D** (地區、國家等的)人口;人口數量
取樣	瀏覽全文,從解釋性的片語That is(也就是說;換句話說)可知後句解釋前句,取樣後句的名詞people(人)。
預測	空格內應填入和people語意緊密相關的字詞,預測選項**D** population(人口)為可能答案。此外,*popul*就是表示「人」的字根。
檢驗	將 **D** 選項填入空格中檢驗句意。
確認	瀏覽上下句,整體句意連貫,確認答案為 **D**,正確答案就在題目上。

8. An open display of _____ behavior between men and women, such as hugging and kissing, is not allowed in some conservative societies.

A intimate　　**B** ashamed　　**C** earnest　　**D** urgent

中譯	在某些保守的社會,不允許男女之間,公開展現像是擁抱與親吻<u>親密的</u>行為。 **A** 親密的　　**B** 感到羞恥的;感到慚愧的　　**C** 誠摯的 **D** 緊急的

取樣	瀏覽全文，從舉例時常用的詞語such as（例如）得知後面說明前面：像hugging and kissing那樣的行為。因此取樣後面的名詞hugging（擁抱）和kissing（親吻）。
預測	空格內應填入和hugging和kissing語意緊密相關的字詞，從生活經驗得知，擁抱和親吻是親密的行為，預測選項 Ⓐ intimate（親密的）符合這個語境。此外，intimate friends（密友；至交）用於異性間，若怕產生歧義，使用close friends或good friends比較恰當，因intimate friends另含有「有性關係，或曖昧關係的朋友」之意。
檢驗	將 Ⓐ 選項填入空格中檢驗句意。
確認	瀏覽上下句，整體句意連貫，確認答案為 Ⓐ，正確答案就在題目上。

9. Suffering from a serious financial crisis, the car company is now on the edge of _____, especially with the recent sharp decrease in its new car sales.

Ⓐ graduation　　Ⓑ capacity　　Ⓒ depression　　Ⓓ bankruptcy

中譯	這家汽車公司因蒙受嚴重的財務危機，現正瀕臨破產，尤其最近又適逢新車款的銷售數量驟減。 Ⓐ 畢業　Ⓑ 能力　Ⓒ 憂鬱　Ⓓ 破產
取樣	瀏覽全文，從舉例時常用的詞語especially（尤其）得知後面說明前面，取樣後面的名詞片語sharp decrease in its new car sales（新車的銷售驟減）。分詞片語Suffering from a serious financial crisis是由表原因的副詞子句Because the car company has suffered from a serious financial crisis改變而成。
預測	空格內應填入和負面線索serious financial crisis和sharp decrease語意緊密相關的字詞，依常理推斷，公司蒙受財務危機，汽車銷售數量驟減，最終可能導致破產，預測選項 Ⓓ bankruptcy（破產）為可能答案。

檢驗	將 **D** 選項填入空格中檢驗句意。
確認	瀏覽上下句，整體句意連貫，確認答案為 **D**，正確答案就在題目上。

10. These warm-up exercises are designed to help people _____ their muscles **and** prevent injuries.

 A produce　　**B** connect　　**C** broaden　　**D** loosen

中譯	這些暖身運動是設計來幫助大家放鬆肌肉及避免傷害。 **A** 生產；製造　**B** 連接　**C** 擴大　**D** 放鬆
取樣	瀏覽全文，藉標示詞and猜測前後語意呈現並列，正向意義必須一致或相稱，取樣後面的動詞片語prevent injuries（避免傷害）。
預測	空格內應填入正向動詞和prevent injuries語意緊密相關的字詞，依常理推斷，做暖身運動可以放鬆肌肉，避免運動傷害，有正向涵義。預測選項 **D** loosen（放鬆）合這個語境。
檢驗	將 **D** 選項填入空格中檢驗句意。
確認	瀏覽上下句，整體句意連貫，確認答案為 **D**，正確答案就在題目上。

11. People in that remote village feed themselves by hunting and engaging in _____ forms of agriculture. No modern agricultural methods are used.

 A universal　　**B** splendid　　**C** primitive　　**D** courteous

中譯	那座偏遠村莊的居民以狩獵自足，並從事原始的農業型態，未使用現代農業的方式。 **A** 普遍的　**B** 壯麗的；雄偉的　**C** 原始的　**D** 有禮貌的

取樣	瀏覽全文，藉句號（.）猜測前後句語意呈現並列，兩者緊密相關，後句解釋前句，取樣後句的否定詞no和形容詞modern（現代的）。
預測	空格內應填入和no modern語意緊密相關的字詞，依常理判斷，偏僻村莊沒有使用現代的農業方式，表示還停留在原始的農業型態，預測選項 **C** primitive（原始的）為可能答案。
檢驗	將 **C** 選項填入空格中檢驗句意。
確認	瀏覽上下句，整體句意連貫，確認答案為 **C**，正確答案就在題目上。

12. People in this community tend to _____ with the group they belong to, **and** often put group interests before personal ones.

   A appoint   **B** eliminate   **C** occupy   **D** identify

中譯	這個社區的人往往會認同他們所屬的群體，常常將群體利益置於個人利益之上。 **A** 任命；指派 **B** 淘汰；消除 **C** 佔據 **D** 認同
取樣	瀏覽全文，藉標示詞and猜測前後句語意呈現並列，意義必須一致或相稱，取樣後面的動詞片語put group interests before personal ones（將群體利益置於個人利益之上）。
預測	空格內應填入和put group interests before personal ones語意緊密相關的字詞，依常理推斷，會將群體利益置於個人利益之上的人，往往會認同他們所屬的群體。此外，選項中只有identify可以和with搭配，預測選項 **D** identify（認同）為可能答案。 **注意** 動詞搭配介系詞：appoint A <u>as</u> B、eliminate O1 <u>from</u> O2、identify A <u>with</u> B。至於occupy是及物動詞，後面接受詞（occupy O）。
檢驗	將 **D** 選項填入空格中檢驗句意。
確認	瀏覽上下句，整體句意連貫，確認答案為 **D**，正確答案就在題目上。

13. I mistook the man for a well-known actor and asked for his autograph; it was really _____.

Ⓐ relaxing   Ⓑ embarrassing   Ⓒ appealing   Ⓓ defending

中譯	我把那名男子誤認為某個知名演員，還向他索取簽名；實在糗極了。 Ⓐ 放鬆的 Ⓑ 令人尷尬的 Ⓒ 有吸引力的 Ⓓ 防衛的
取樣	瀏覽全文，藉分號（;）猜測前後句語意呈現並列，分號可代替對等連接詞，連接兩個關係緊密的子句，怎麼知道呢？讀者不妨問一問：「代名詞it代替誰？」it就是代替前一句。取樣前句的負面動詞mistook（誤認）。
預測	空格內也應填入負面的，和mistook語意緊密相關的字詞，依生活經驗推斷，誤認他人常會導致尷尬局面，預測選項 Ⓑ embarrassing（尷尬的）為可能答案。
檢驗	將 Ⓑ 選項填入空格中檢驗句意。
確認	瀏覽上下句，整體句意連貫，確認答案為 Ⓑ，正確答案就在題目上。

14. Bobby cared a lot about his _____ at home **and** asked his parents not to go through his things without his permission.

Ⓐ discipline   Ⓑ facility   Ⓒ privacy   Ⓓ representation

中譯	巴比很在意他在家裡的隱私，要求父母沒有經過他的許可，不可以翻看他的東西。 Ⓐ 紀律 Ⓑ 設施 Ⓒ 隱私 Ⓓ 代表
取樣	瀏覽全文，藉標示詞and猜測前後句語意呈現並列，意義必須相稱或一致，取樣後句的not to go through his things without his permission（沒有經過他的許可，不可以翻看他的東西）。

預測	空格內應填入和not to go through his things without his permission語意緊密相關的字詞，依生活經驗推斷，孩子要求父母不能未經許可就翻看他的東西，代表非常重視隱私，預測選項 **C** privacy（隱私）符合這個語境。
檢驗	將 **C** 選項填入空格中檢驗句意。
確認	瀏覽上下句，整體句意連貫，確認答案為 **C**，正確答案就在題目上。

15. Each of the planets in the solar system circles around the sun in its own _____, **and** this prevents them from colliding with each other.

A entry　　**B** haste　　**C** orbit　　**D** range

中譯	太陽系裡的每顆行星都依循自己的<u>軌道</u>環繞著太陽運行，這樣會防止它們互相碰撞。 **A** 入口　　**B** 匆忙；倉促　　**C** 軌道　　**D** 範圍
取樣	瀏覽全文，藉標示詞and猜測前後句語意呈現並列，意義必須一致或平行，取樣後句的動詞prevent（防止）和 colliding（碰撞）。 **注意** 表「阻止、防止（某人、某機構做某事）」介系詞用from，如：prevent someone from doing something keep ┐ ▶ 也可參閱134頁第7題
預測	空格內應填入和prevent和colliding語意緊密相關的字詞，且this指的是前句Each of the planets in the solar system circles around the sun in its own _____，依常理判斷，每個行星皆依自己軌道運行，就可以防止碰撞，預測選項 **C** orbit（軌道）符合這個語境。
檢驗	將 **C** 選項填入空格中檢驗句意。
確認	瀏覽上下句，整體句意連貫，確認答案為 **C**，正確答案就在題目上。

16. Henry can drive all kinds of _____, including big buses and garbage trucks.

(A) creatures   **(B)** travelers   **(C)** weapons   **(D)** vehicles

中譯	亨利能夠駕駛各種<u>車輛</u>，包括大型公車和垃圾車。 **(A)** 生物；動物 **(B)** 旅行者 **(C)** 武器；兵器 **(D)** 交通工具；車輛
取樣	瀏覽全文，從舉例時常用的詞語including（包括）得知後面說明前面，取樣後句的big buses（大型公車）和garbage trucks（垃圾車）。
預測	空格內應填入和big buses和garbage trucks語意緊密相關的字詞，依常理判斷，大型公車和垃圾車都是車輛，vehicle是bus和truck的上義詞（superordinate），預測選項 **(D)** vehicles（車輛）符合這個語境。
檢驗	將 **(D)** 選項填入空格中檢驗句意。
確認	瀏覽上下句，整體句意連貫，確認答案為 **(D)**，正確答案就在題目上。

17. The book is **not only** informative **but also** _____, making me laugh and feel relaxed while reading it.

(A) understanding   **(B)** infecting   **(C)** entertaining   **(D)** annoying

中譯	這本書不但有知識性，而且<u>有趣</u>，閱讀的時候使我大笑，覺得放鬆。 **(A)** 理解的 **(B)** 感染的 **(C)** 有趣的 **(D)** 惱人的
取樣	瀏覽全文，藉標示詞not only...but also（不但……而且……）猜測前後句語意呈現正向並列，正向意義必須一致，取樣前面的informative（給與（提供）知識（情報）的）。此外，也取樣動詞laugh（大笑）和形容詞relaxed（放鬆的；冷靜的）。

預測	空格內應填入和informative語意緊密相關的字詞，informative具有正向意涵，空格也需填入具有正向意涵的字，這個字也要跟laugh和relaxed有關，有趣的書會讓人大笑，預測選項 **C** entertaining（有趣的）為可能答案。 注意 making這是分詞代替連接詞and的用法。本句可還原為...and (the book) makes me <u>laugh and feel relaxed</u>...。（詳情請參閱141頁**B**分詞片語**5**）
檢驗	將 **C** 選項填入空格中檢驗句意。
確認	瀏覽上下句，整體句意連貫，確認答案為 **C**，正確答案就在題目上。

18. Women's fashions are changing _____ : One season they may favor pantsuits, but the next season they may prefer miniskirts.

A lately **B** shortly **C** relatively **D** constantly

中譯	女性時尚不斷在改變：在某一季他們也許偏愛褲裝，但下一季可能更喜歡迷你裙。 **A** 最近 **B** 立刻 **C** 相當地 **D** 不斷地
取樣	瀏覽全文，藉冒號（:）猜測前後句語意呈現並列，後句解釋前句，取樣後句的動詞片語favor pantsuits（偏愛褲裝）和prefer miniskirts（更喜歡迷你裙）。
預測	空格內應填入和favor pantsuits和prefer miniskirts語意緊密相關的字詞，依常理推斷，一季偏愛褲裝，下一季卻更喜歡迷你裙，代表女性時尚一直在變，預測選項 **D** constantly（不斷地）符合這個語境。
檢驗	將 **D** 選項填入空格中檢驗句意。
確認	瀏覽上下句，整體句意連貫，確認答案為 **D**，正確答案就在題目上。

19. Mike trembled with _____ **and** admiration when he saw the magnificent view of the waterfalls.

Ⓐ awe　　**Ⓑ** plea　　**Ⓒ** oath　　**Ⓓ** merit

中譯	麥克看見瀑布壯觀的景色時，敬畏讚嘆得直發抖。 **Ⓐ** 敬畏；驚嘆　**Ⓑ** 懇求　**Ⓒ** 宣誓　**Ⓓ** 優點
取樣	瀏覽全文，藉標示詞and猜測前後語意呈現並列（equality of ideas），意義必須一致或相等，取樣空格後面的名詞admiration（讚嘆；欽佩）。
預測	空格內應填入和admiration語意緊密相關的字詞，依常理推斷，人類看到壯觀的瀑布時，常常感到敬畏，並深感讚嘆，預測選項 **Ⓐ** awe（敬畏；驚嘆）符合這個語境。此外，awe與admiration在古英語時期，其義皆為「wonder」（驚異）。
檢驗	將 **Ⓐ** 選項填入空格中檢驗句意。
確認	瀏覽上下句，整體句意連貫，確認答案為 **Ⓐ**，正確答案就在題目上。

20. Plants and animals in some deserts must cope with a climate of _____— freezing winters and very hot summers.

Ⓐ extremes　　**Ⓑ** forecasts　　**Ⓒ** atmospheres　　**Ⓓ** homelands

中譯	某些沙漠裡的動植物必須要應付極端氣候──嚴寒的冬季和酷熱的夏季。 **Ⓐ** 極端　**Ⓑ** 預報　**Ⓒ** 氣氛　**Ⓓ** 祖國
取樣	瀏覽全文，藉破折號（─）猜測前後語意呈現並列關係，破折號是舉例說明時常會用到的標點符號，後面補充說明前面，取樣後面的名詞片語freezing winters（嚴寒的冬季）和very hot summers（酷熱的夏季），可知沙漠氣候的變化是很劇烈的。 **注意** cope with意思是「應付」。

預測	空格內應填入和freezing winters和very hot summers這兩種變化劇烈的沙漠氣候，語意緊密相關的字詞，預測選項 Ⓐ extremes（極端）符合這個語境。
檢驗	將 Ⓐ 選項填入空格中檢驗句意。
確認	瀏覽上下句，整體句意連貫，確認答案為 Ⓐ，正確答案就在題目上。

21. The film *Life of Pi* won Ang Lee an Oscar in 2013 for Best Director—
one of the most _____ awards in the movie industry.

Ⓐ populated　　Ⓑ surpassed　　Ⓒ coveted　　Ⓓ rotated

中譯	《少年Pi的奇幻漂流》這部電影讓李安贏得了2013年奧斯卡最佳導演獎——這是電影界最令人夢寐以求的獎項之一。 Ⓐ 居住於　Ⓑ 勝過　Ⓒ 垂涎　Ⓓ 旋轉
取樣	瀏覽全文，藉破折號（—）後面補充說明前面，取樣前面的名詞片語an Oscar in 2013 for Best Director（2013年奧斯卡最佳導演獎）。
預測	空格內應補充說明專有名詞奧斯卡獎（Oscar），破折號用於專有名詞之後，等於非限定形容詞子句（an Oscar in 2013 for Best Director, which is one of the most coveted awards in the movie industry）。依常理推斷，贏得奧斯卡最佳導演是電影界人人夢寐以求的獎項，預測選項 Ⓒ coveted（垂涎）為可能答案。 **注意** win的用法：win A（間接受詞）B（直接受詞），意指「使某人（Ang Lee）贏得某物（Oscar）」。 **例** The novel won John a Pulitzer Prize. 　那本小說使約翰贏得了普立茲獎。
檢驗	將 Ⓒ 選項填入空格中檢驗句意。
確認	瀏覽上下句，整體句意連貫，確認答案為 Ⓒ，正確答案就在題目上。

22. Animals that stay in groups are more likely to find food and detect danger than a _____ animal—multiple pairs of eyes are better than one.

Ⓐ contagious　　**Ⓑ** rigid　　**Ⓒ** distinctive　　**Ⓓ** solitary

中譯	群居動物比獨居動物更可能找到食物、察覺危險——好幾雙眼睛勝過一雙眼睛。 **Ⓐ** 會傳染的　**Ⓑ** 嚴格的　**Ⓒ** 獨特的　**Ⓓ** 單獨的；獨居的
取樣	瀏覽全文，藉破折號（—）猜測前後語意呈現並列，後句補充說明前句，取樣前句的stay in groups（群居），後句的形容詞multiple（數量多的）和one（一）。
預測	破折號後的句子提到好幾雙眼睛勝過一雙眼睛，stay in groups對應的是好幾雙眼睛，而空格對應one，應填入和one語意緊密相關的字詞，預測選項 **Ⓓ** solitary（單獨的）為可能答案。字根*sol*的意思即表示「單一的（single）；單獨的（alone）」。
檢驗	將 **Ⓓ** 選項填入空格中檢驗句意。
確認	瀏覽上下句，整體句意連貫，確認答案為 **Ⓓ**，正確答案就在題目上。

Chapter
5

認識修飾語結構：

MODIFIER 型

暖身題

Choose the answer that best completes each sentence below.

1. In order to draw her family tree, Mary tried to trace her _____ **back to their arrival** in North America.

Ⓐ siblings　　Ⓑ commuters　　Ⓒ ancestors　　Ⓓ instructors

中譯	為了畫出家譜，瑪莉試圖回溯到祖先抵達北美的時候。 Ⓐ 兄弟姐妹　Ⓑ 通勤者　Ⓒ 祖先　Ⓓ 指導者
取樣	瀏覽全文，in order to所引導表「目的」的不定詞片語修飾後半的動詞片語tried to trace。解題關鍵在於修飾語，因此取樣修飾語中表「目的」的不定詞片語to draw her family tree（為了畫出家譜）和後半的動詞trace（回溯）。此外，trace sth（back）（to sth）是常見的搭配，意思是「追溯；追究」（to find the origin or cause of sth back to their arrival），因此，也取樣修飾動詞trace的副詞片語back to their arrival（到祖先抵達的時候）。
預測	空格內應填入和to draw her family tree、trace...back to their arrival語意緊密相關的字詞，從常理推斷，回溯祖先的目的在哪裡？為了畫族譜，瑪莉需要追溯祖先抵達北美的時候，預測選項 Ⓒ ancestor（祖先）符合這個語境。
檢驗	將 Ⓒ 選項填入空格中檢驗句意。
確認	瀏覽上下句，整體句意連貫，確認答案為Ⓒ。本題的題型是modifier型，主要考放句首表「目的」的不定詞片語In order to修飾動詞tried to trace。

2. Corrupt officials and misguided policies have _____ the country's economy and burdened its people **with enormous foreign debts**.

Ⓐ crippled　　Ⓑ accelerated　　Ⓒ rendered　　Ⓓ ventured

中譯	貪腐的官員與錯誤的政策已經<u>削弱</u>該國的經濟，並使人民背負著巨額的外債。 Ⓐ 削弱　Ⓑ 加速　Ⓒ 給予；使變得　Ⓓ 冒險從事
取樣	瀏覽全文，with所引導的副詞片語修飾後半句的動詞budrened。解題關鍵在於修飾語，因此取樣修飾語中的名詞片語enormous foreign debts（巨額外債）。此外，本題解題時，藉標示詞and猜測前後句語意必須呈現並列（equality of ideas），意義必須相等或相稱，因此取樣and後的動詞burdened（（使）擔負（沉重或艱難的任務、職責等）帶有負面的語意，and之前的動詞必然也是帶有負面的語意。 注意 burden sb / yourself (with sth) 是常見的搭配。
預測	空格內應填入和負面線索burdened和enormous foreign debts語意緊密相關的字詞，從常理推斷，貪腐的官員和錯誤的政策，會削弱國家經濟，讓人民背負巨額外債，預測帶有負面語意的選項 Ⓐ crippled（嚴重損害）符合這個語境。
檢驗	將 Ⓐ 選項填入空格中檢驗句意。
確認	瀏覽上下句，整體句意連貫，確認答案為Ⓐ。本題的題型是and + modifier的混合型。

3. Our summer camp is for ＿＿＿＿＿＿ **between the ages of 10 and 16**.

Ⓐ adults　Ⓑ elders　Ⓒ babies　Ⓓ youngsters

中譯	我們的夏令營是給十到十六歲的<u>青少年</u>。 Ⓐ 成人　Ⓑ 長輩　Ⓒ 嬰孩　Ⓓ 青少年
取樣	瀏覽全文，between所引導的形容詞片語修飾前面的名詞。解題關鍵在於修飾語，因此取樣修飾語中的名詞片語the ages of 10 and 16。
預測	空格內應填入和between the ages of 10 and 16語意緊密相關的名詞，從生活常識推斷，十到十六歲屬於青少年階段，預測選項 Ⓓ youngsters（青少年）符合這個語境。

檢驗	將 D 選項填入空格中檢驗句意。
確認	瀏覽上下句，整體句意連貫，確認答案為 D。本題的題型是考修飾語：形容詞片語修飾名詞。

4. **To protect your head, when you ride a motorcycle,** you must wear a
_____.

Ⓐ beard　　Ⓑ helmet　　Ⓒ necklace　　Ⓓ tie

中譯	為了保護你的頭部，你騎機車時，一定要戴<u>安全帽</u>。 Ⓐ 鬍鬚　Ⓑ 安全帽　Ⓒ 項鍊　Ⓓ 領帶
取樣	瀏覽全文，表「目的」的不定詞To所引導的不定詞片語和從屬連接詞when所引導的表「時間」的副詞子句，修飾主要子句的動詞wear（戴）。解題關鍵在於修飾語，因此取樣修飾語中表「目的」的不定詞片語To protect your head（保護你的頭部）和表「時間」的副詞子句when you ride a motorcycle（你騎機車時）。此外，也取樣動詞wear。
預測	空格內應填入和To protect your head、wear、ride a motorcycle語意緊密相關的字詞，從生活經驗推斷，預測選項 Ⓑ helmet（安全帽）符合這個語境。
檢驗	將 Ⓑ 選項填入空格中檢驗句意。
確認	瀏覽上下句，整體句意連貫，確認答案為 Ⓑ。本題測驗放在句首表「目的」的不定詞片語To protect your head修飾主要子句動詞wear，也就是說：為了保護你的頭，你必須戴安全帽。接著問：什麼時候戴？騎車時（表「時間」的副詞子句when you ride a motorcycle）。

5. Sherlock Holmes, **a detective in a popular fiction series,** has impressed
readers **with his amazing powers of** _____ **and his knowledge of trivial
facts.**

Ⓐ innocence　　Ⓑ estimation　　Ⓒ assurance　　Ⓓ observation

中譯	夏洛克·福爾摩斯是膾炙人口小說系列中的偵探，以其驚人的<u>觀察力</u>和瑣事的知識令讀者印象深刻。 Ⓐ 天真　Ⓑ 估計　Ⓒ 保證；確信　Ⓓ 觀察
取樣	瀏覽全文，介系詞with所引導的副詞片語with his amazing powers of ＿＿＿ and his knowledge of trivial facts修飾動詞impressed（給……留下深刻印象），解題關鍵在於修飾語，此外，impress常搭配with使用，因此取樣impressed。在副詞片語with his amazing powers of ＿＿＿ and his knowledge of trivial fact中，藉標示詞and猜測前後語意必須呈現並列（equality of ideas），意義必須相等或相稱，因此取樣後面的名詞片語his knowledge of trivial facts（對瑣事的知識）。注意，同位語a detective in a popular fiction series是補充說明前面的專有名詞Sherlock Holmes，因此也必須取樣detecive（偵探）。
預測	空格內應填入和detective、impressed、his knowledge of trivial facts語意緊密相關的字詞，從生活經驗來推斷，偵探需具有偵查、觀察入微的能力，才能抽絲剝繭後找出真相，本題提到小說中的偵探以其驚人的某種能力和對瑣事的知識令讀者印象深刻，預測選項 Ⓓ observation（觀察）符合這個語境。
檢驗	將 Ⓓ 選項填入空格中檢驗句意。
確認	瀏覽上下句，整體句意連貫，確認答案為 Ⓓ，正確答案就在題目上。本題的題型是考：(1)and；(2)同位語；(3)副詞片語修飾動詞的混合型。

6. Many people living in the downtown are often bothered **by the** ＿＿＿ **noise of heavy traffic all day long.**

Ⓐ ambitious　　Ⓑ constant　　Ⓒ elegant　　Ⓓ glorious

中譯	許多住在市中心的人常常整天都被<u>無休止的</u>繁忙交通噪音所干擾。 Ⓐ 有野心的　Ⓑ 連續發生的；不斷的　Ⓒ 優雅的　Ⓓ 光榮的

取樣	瀏覽全文，介系詞by所引導的副詞片語修飾主要子句的被動動詞are bothered（被……干擾）。取樣修飾語中的名詞heavy traffic（繁忙的交通）和副詞片語all day long（整天）。
預測	空格內應填入和are bothered、heavy traffic、all day long語意緊密相關的字詞，從生活經驗推斷，住在市中心的人，因為車潮絡繹不絕，一整天下來，常常被無休止的繁忙交通噪音干擾，預測選項 **B** constant（連續發生的；不斷的）符合這個語境。
檢驗	將 **B** 選項填入空格中檢驗句意。
確認	瀏覽上下句，整體句意連貫，確認答案為 **B**。本題的題型是考分詞被動態。原句：The constant noise of heavy traffic often bother many people living in the downtown all day long.改成被動。

7. People **with an** _____ **illness** should avoid going to public places **to keep the diseases from spreading**.

A outrageous　　**B** infectious　　**C** ultimate　　**D** explicit

中譯	患有傳染病的民眾應該避免到公共場所，以防止疾病散播。 **A** 粗暴的；憤怒的　　**B** 傳染性的　　**C** 最終的 **D** 明確的；明白的
取樣	瀏覽全文，介系詞with所引導的形容詞片語修飾充當主詞的名詞People（民眾），解題關鍵在於修飾語，因此取樣修飾語中的illness（疾病），須注意的是infectious和illness是常見的搭配詞（collocation）。此外，也取樣表「目的」的不定詞片語to keep the diseases from spreading（以防止疾病散播）。 注意 這個不定詞片語是用來修飾動詞avoid（避免）。
預測	空格內應填入和illness、to keep the diseases from spreading語意緊密相關的字詞，從生活經驗推斷，染上傳染病的民眾，最好少到人多的場所，以防止疾病擴散，從關鍵字spread，知道這個疾病是會擴散的，預測選項 **B** infectious（傳染性的）符合這個語境。

檢驗	將 **B** 選項填入空格中檢驗句意。
確認	瀏覽上下句,整體句意連貫,確認答案為 **B**。本題的題型是考表「目的」的不定詞片語修飾動詞avoid,說明avoid的目的在哪裡?

8. Helen and her sister really _____ the party **when they started fighting**. It upset all the party guests.

A cheated　　**B** clapped　　**C** spoiled　　**D** supported

中譯	海倫和妹妹開始爭吵時,真是破壞了這場派對。這讓所有派對的賓客感到悵然不快。 **A** 欺騙　**B** 拍手　**C** 破壞　**D** 支持
取樣	瀏覽全文,從屬連接詞when所引導的副詞子句修飾主要子句的動詞。解題關鍵在於修飾語,因此取樣動詞片語started fighting(開始爭吵)。此外,藉句號(.)猜測前後句語意呈現並列,後句解釋前句。怎麼知道?讀者不妨問一問:「代名詞it代替誰?」it就是代替前句fighting。取樣後句的動詞upset(使生氣)和其受詞all the party guests(所有派對的賓客)。
預測	空格內應填入和fighting、all the party guests語意緊密相關的字詞,從生活經驗推斷,在派對中吵架會令人不快,甚至破壞了派對,預測選項 **C** spoiled(破壞)符合這個語境。此外,根據劍橋英漢辭典,spoil sb's party除了有字面上「破壞某人的派對」的意思,也是慣用語,意思是「使(某人)敗興、掃興(某人)」(to cause trouble for someone at a moment when they are enjoying a success)的意思。
檢驗	將 **C** 選項填入空格中檢驗句意。
確認	瀏覽上下句,整體句意連貫,確認答案為 **C**。本題的題型是考表「時間」的副詞子句修飾主要子句的動詞。

9. Jane _____ her teacher **by passing the exam with a nearly perfect score**; she almost failed the course last semester.

Ⓐ bored　　Ⓑ amazed　　Ⓒ charmed　　Ⓓ informed

中譯	小珍以幾乎滿分的成績通過考試，讓她的老師<u>大吃一驚</u>；她上學期這門課差點不及格。 Ⓐ 使厭煩　Ⓑ 使……大吃一驚　Ⓒ 使著迷　Ⓓ 通知
取樣	瀏覽全文，介系詞by所引導的副詞片語修飾主要子句的動詞。解題關鍵在於修飾語，因此取樣by passing the exam with a nearly perfect score（以幾乎滿分的成績通過考試）。此外，藉分號（;）猜測前後句語意呈現並列，分號代替對等連接詞but並非and，連接兩個語意反義的子句，取樣後面的動詞片語almost fialed the course（這門課差點不及格）。
預測	空格內應填入一個能展現和by passing the exam with a nearly perfect和almost fialed the course語意相反的動詞，從生活經驗推斷，上個學期考試不及格，但這學期卻以幾乎滿分的成績通過考試，想必會讓老師大吃一驚，預測選項 Ⓑ amazed（使……大吃一驚）符合這個語境。
檢驗	將 Ⓑ 選項填入空格中檢驗句意。
確認	瀏覽上下句，整體句意連貫，確認答案為 Ⓑ。本題考的重點是「如何修飾動詞」如：<u>how to amaze her teacher?</u>最簡潔的方式用介系詞片語by (by means of的省略)+Ving，「藉什麼動作來修飾動詞」。

10. Peter plans to hike in a _____ part of Africa, **where he might not meet another human being for days**.

Ⓐ native　　Ⓑ tricky　　Ⓒ remote　　Ⓓ vacant

中譯	彼得計畫去非洲的一個<u>偏遠</u>地區健行，他在那兒可能好幾天都不會遇到人。 Ⓐ 土生土長的　Ⓑ 狡猾的；棘手的　Ⓒ 偏遠的；偏僻的　Ⓓ 空著的

取樣	瀏覽全文，關係副詞where引導的形容詞子句修飾主要子句的名詞片語_____ part of Africa（某個……地區）。取樣修飾語中的否定動詞片語not meet another human being for days（好幾天都不會遇到人）。 **注意** 解題時遇到否定詞not必須優先取樣。
預測	空格內應填入和not meet another human being for days語意緊密相關的字詞，從生活經驗推斷，在偏遠地方旅行，人煙稀少，可能好幾天都不會遇到人，預測此地區是remote（偏遠的；偏僻的），故選 **C**。
檢驗	將 **C** 選項填入空格中檢驗句意。
確認	瀏覽上下句，整體句意連貫，確認答案為 **C**。本題的題型是考表「地區」的關係副詞引導的形容詞子句修飾主要子句的名詞片語。

題型解說

Modifier 型【修飾語結構（句中帶有修飾語，如形容詞、副詞等）】

本章節要介紹的是 Modifier 型，這類型的句子帶有修飾語，如形容詞、副詞等。我們來看看修飾語的定義是什麼？

A modifier is a word, a phrase, or other sentence elements that describe, qualify, or limit another element in the same sentence.

修飾語是指一個詞、片語或其他句子成分，用來描述、限定或限制同一句子中的另一個成分。

做題時需要斟酌、考慮下列的修飾語：

Ⓐ 同位語　　　　**Ⓖ** 介+名（形容詞片語）

Ⓑ 分詞片語　　　**Ⓗ** 副詞／副詞片語／副詞子句

Ⓒ 主詞補語　　　**Ⓘ** 表「比較」的副詞子句：比較要同類

Ⓓ 形容詞　　　　**Ⓙ** 八大類副詞子句

Ⓔ 形容詞子句　　**Ⓚ** 表「目的」的副詞子句

Ⓕ 關係副詞

Ⓐ 同位語

❶ 同位語是由非限定形容詞子句轉變而成

> **轉變法則** 參閱 139 頁例 1 ～例 3
> **Step 1**：取消關係代名詞 who 或 which
> **Step 2**：be 動詞省略

❷ 同位語的作用

　　同位語（appositive）通常附加在名詞之後，而指涉對象與前面的名詞同一人、同一物或同一事，其作用只是補充說明前面的名詞而已，讓讀者更清楚了解所補述的人、物、事。不能視為單獨構句，也不能做該句的主題或主要觀念。其基本句型是「...N, 同位語 ,...」。此外，主詞（或受詞）和同位語之間常用逗號分開。

An appositive is a word or phrase that explains, identifies, or renames the word it follows. An appositive may be a noun phrase (that is, a noun and its modifiers.)

同位語是一個用來解釋、識別或重新命名其前的詞或片語。同位語可以是一個名詞片語（也就是一個名詞及其修飾詞）。

例1

Mr. Smith, our English teacher, is very knowledgeable.
　　S

我們的英文老師史密斯先生學識淵博。　▶ 主格同位語

例2

We respect Mr. Smith, our English teacher, is very knowledgeable.
　　　　　　　　O

我們尊敬我們的英文老師史密斯先生。　▶ 受格同位語

例3

Dr. Sun Yat-sen, (who is) the National Father of the Republic of China, is a great man.　　　　　　　(noun phrase)
中華民國國父孫中山先生是偉人。

例4

Mathematics, (which was) once my favorite subject, no longer interests me.　　　　　　　(noun phrase)
→ Once my favorite subject, **mathematics** no longer interests me.
▶ 同位語移位至句首(pre-posing)
曾經是我最喜歡的科目數學，現在已經不再吸引我了。

例5

Lucy, (who is) their eldest daughter, is finishing high school this year.
　　　　　　　　(noun phrase)
→ Their eldest daughter, **Lucy** is finishing high school this year.
▶ 同位語移位至句首(pre-posing)
他們的長女露西今年即將完成高中學業。

例6

In winter, we often have <u>dry and itchy skin,</u> a problem which can

O

be treated by applying lotions or creams.

冬天時，我們常常有乾癢肌膚問題，這個問題可以用塗抹乳液或乳霜來治療。

Ⓑ 分詞片語

❶ 出現在句首的分詞片語是由副詞子句簡化而成

$$\boxed{\textbf{Ving / Vpp...,} \quad \textbf{S + V}} \quad \blacktriangleright \text{先從後主，加上逗號}$$
分詞片語　　　主要子句

❷ 符合以下兩個條件的副詞子句可簡化成分詞片語

條件 1：表時間、條件、原因的副詞子句

(注意) 在統測、學測、指考考題裡，句首的分詞片語的句意幾乎都是表「原因」

條件 2：副詞子句中的主詞與主要子句中的主詞相同

❸ 簡化法則

Step 1：取消副詞子句中的連接詞

Step 2：主詞省略

Step 3：主動動詞改現在分詞，被動動詞改過去分詞

❹ 動詞改成分詞的形式

a）主動簡單式：V → Ving

b）主動完成式：has / have + Vpp → having + Vpp

c）被動簡單式：be + Vpp → (being) + Vpp

d）被動完成式：

has / have + been + Vpp → (havig + been) + Vpp

e）be 動詞：

$$be + \begin{cases} (Adv.) + Adj. \\ (Adj.) + N \end{cases} \rightarrow (being) \begin{cases} (Adv.) + Adj. \\ (Adj.) + N \end{cases}$$

注意 小括弧中的字可以省略，有時分詞片語中沒出現分詞，只見形容詞或名詞，那是因為being被省略了。

例1 Because John is seriously ill, he can't go to school.

→ (Being) **seriously ill**, John can't go to school.

約翰病得很嚴重，無法上學。

例2 Because he was influenced by his young friends, the boy dropped out of school for a while.

→ (Being) **influenced by his young friends**, the boy dropped out of school for a while.

這個男孩受到青少年朋友的影響，曾經輟學一段時間。

❺ 為了句子簡潔有力，主從分明，第二個動詞如表次要動作，主動改成現在分詞，被動改成過去分詞，然後連接詞and用逗號（,）來取代。

例1

John <u>stood</u> there, <u>waiting (=and waited)</u> for his sister.

       V1   V2

約翰站在那裡等著他的妹妹。

例2

John <u>wrote</u> to his father, <u>begging</u> (=and begged)) .

     V1   V2

him to call on Prof. Smith

約翰寫信給他的父親，請他去拜訪史密斯教授。

C 主詞補語

形容詞或名詞作主詞補語時，閱讀的重點應落在主詞補語上。

$$S + be + \begin{cases} \text{(Adv.)} + \textbf{Adj.} \\ \text{(Adj.)} + \textbf{Noun} \end{cases}$$

(Subjective complement)

D 形容詞

形容詞通常放在名詞前面修飾名詞，因此語意上形容詞要比名詞重要。

$$\boxed{\textbf{Adj}} + \textbf{N}$$

E 形容詞子句

❶ 關係代名詞（who、which、that）引導的形容詞子句要放在修飾的名詞後面。

N + <u>關代 + V</u>   ▶ 主格關代
    (Adj. clause)

N + <u>關代 + S + V</u>   ▶ 受格關代
    (Adj. clause)

例1 I like those **girls** <u>who (主格) have inner beauty</u>.

我喜歡那些擁有內在美的女孩。

例2 This is the only **paper** <u>that (主格) contains the news</u>.

這是唯一的一份含有那則新聞的報紙。

例3 The **boy** <u>whom (受格) you saw yesterday</u> is his brother.

你昨天見過的男孩子是他的哥哥。

❷ 此外，限定用的形容詞子句可簡化為分詞片語，簡化後的分詞片語，仍放在名詞後面修飾。

簡化法則

Step 1：取消關係代名詞

Step 2：其後動詞若主動，改現在分詞

其後動詞若被動，改過去分詞

Step 3：動詞若為 be 動詞，省略

例1 The boy <u>who speaks English</u> is his brother.

→ The boy **speaking English** is his brother.

會說英文的男孩是他的弟弟。

例2 A page <u>which is digested</u> is better than a volume <u>which is hurriedly read</u>.

→ A page **<u>digested</u>** is better than a volume **<u>hurriedly read</u>**.

       (word)   (phrase)

理解消化一頁勝過匆忙閱讀一整卷。

---

⑤ 關係副詞

關係副詞（relative adverbs）也可引導形容詞子句，放在所修飾的名詞後面。主要的關係副詞有四個：when（表時間）、where（表地方）、why（表理由）、how（表方法）。此外，關係副詞前的先行詞為了避免和關係副詞「語意重複」，是可以省略的。

例1 Do you know (the time) <u>when she will arrive</u>?

▶ 修飾the time

你知不知道她到達的時間？

例2 Is this (the place) <u>where he was born</u>? ▶ 修飾the place

這裡是他出生的地方嗎？

例3 John knows (the reason) <u>why she did it</u>. ▶ 修飾the reason

約翰知道她為何做這個。

說明

　　為了避免「語意重複」，關係副詞 why 通常可以沒有先行詞 the reason，另外有時也可以省略 why，例如：The reason (why) <u>he didn't come</u> is unknown.

例4 Winning international fame, however, was neither the original intention nor the main reason <u>why Camake founded the group in 2006</u>. ▶ 修飾the reason

然而，贏得國際聲譽既不是最初意圖，也不是查馬克在2006年創立該團體的主要原因。

例5 No one knows <u>how he found it</u>.

沒人知道他是怎麼找到的。

說明

　　Michael Swan 在《牛津英語用法指南》一書中提到 the way 和 how 不能同時使用，因 way 的意思是「方法、手段」，而 how 的意思也是「（方法、手段）怎樣、如何」，只能擇一使用。除了「語意重複」的緣故，從詞性的觀點來看，the way 本身就可以當副詞，有別於 the time、the place、the reason 這些片語只能當名詞使用，要加上介系詞，形成 at the time、at the place、for the reason 才能當副詞使用。既然 the way 和 how 都可以當副詞，為求簡潔，所以擇一使用。例 5 除了

寫成 No one knows how he found it. 也可寫成 No one knows the way he found it. 黃宋賢在《超越英文法》一書中舉了底下四個句子來說明為什麼不能用 the way how...。

❶ He did it **at** this time.
　他在這個時候做了這件事。

❷ He did it **at** this place.
　他在這個地方做了這件事。

❸ He did it **for** this reason.
　他為了這個原因做了這件事。

❹ He did it **(in)** this way.
　他用這個方法做了這件事。

　　從上述四句得知，this way 可以當副詞使用，而 this time、this place、this reason 必須加上介系詞才能當副詞使用，this way 和其他三者的詞性有差異。因為 the way how 的 the way 和 how 都是副詞，不須重複使用。

例6 Colors have a direct and powerful impact on the way <u>we feel and react to our surroundings</u>.

顏色對我們的感受和對周圍環境的回應方式具有直接而強大的影響。

例7 Europe's new measures should eventually both reduce the number of animals used in experiments and improve the way <u>in which scientific research is conducted</u>.

歐洲的新措施最終應該能減少實驗用的動物數量，並改善科學研究進行的方式。

說明

　　the way 和 how 不能同時使用，除了省略 how，也可以將 how 換成 in which 或 that，例如例 7 可以改寫為：Europe's new measures should eventually both reduce the number of animals used in experiments and improve the way (that) scientific research is conducted.

例8 Bol is also most proud of the way <u>Little Free Library is bringing communities together.</u>

波爾也非常自豪「小型免費圖書館」能讓社區凝聚在一起的方式。

Ⓖ 介+名（形容詞片語）

介系詞引導的形容詞片語要放在修飾的名詞後面。

N1 + 介 + N2 (形容詞片語)

例1 The **book** <u>on the desk</u> is very interesting.

桌上的書非常有趣。

例2 A **bird** <u>in the hand</u> is worth **two** <u>in the bush</u>.

一鳥在手勝於兩鳥在林。→喻到手的東西才是可靠的。

Ⓗ 副詞／副詞片語／副詞子句

修飾動詞或形容詞，可用副詞（adverb）、副詞片語（adverbial phrase）或副詞子句（adverb clause）。副詞放置的位置相當有彈性，但通常放在動詞之後。副詞可分為：

❶ 時間副詞
❷ 頻率副詞
❸ 狀態副詞
❹ 地方副詞

$$S1 + \begin{Bmatrix} Be \\ V \end{Bmatrix} + \underline{as} + \begin{Bmatrix} Adj. \\ Adv. \end{Bmatrix} + \underline{as} + S2 + \begin{Bmatrix} Be \\ V \end{Bmatrix}$$

adv.　　　　　　conj.

▶ S1、S2要同類才可比較

❶ 原級

例1 He talked <u>as</u> slowly <u>as</u> he could.
他盡可能緩慢地說話。

例2 This flower is <u>as</u> beautiful <u>as</u> the other one.
這朵花跟另一朵花一樣漂亮。

❷ 比較級

兩者間的比較用「比較級形容詞或副詞 + than」。

$$S + V \begin{Bmatrix} \text{~er} \\ \text{more~} \end{Bmatrix} + than + S2 + V$$

▶ S1和S2要同類

例1 My mother is <u>taller than</u> I.
母親長得比我高。

例2 This book is <u>more interesting than</u> that one.
這本書比那本有趣。

種類	用法	例句	說明
副詞子句	表時間	❶His father died <u>when he was ten years old</u>. 他父親在他十歲的時候過世了。	副詞子句是用以修飾動詞、形容詞或其他副詞,如左。
	表條件	❷ <u>If it is fine</u>, we will go hiking. 天氣好的話,我們就去郊遊。 ▶ 連接詞if在中文裡不一定要翻譯成「假如、如果」	
	表理由、原因	❸ We are glad <u>because he is with us</u>. 我們很高興,因他與我們在一起。	
	表地方	❹ <u>Where there is a will</u>, there is a way. 有志者事竟成。	
	表目的	❺ We got up early <u>in order that we might catch the first train</u>. 我們早起是為了趕上第一班火車。	
	表結果	❻ John is so honest <u>that we all like him</u>. 約翰很誠實,所以我們都很喜歡他。	
	表讓步	❼ <u>Although it was raining</u>, we went out. 雖然在下雨,我們還是出門了。	
	表比較	❽ He is as rich <u>as you are</u>. 他跟你一樣富有。	

副詞子句是用以修飾動詞、形容詞或其他副詞，如 148 頁例句。

❸ We are glad <u>because he is with us</u>. ▶ 修飾形容詞 glad

我們很高興，因他與我們在一起。

❻ John is so honest <u>that we all like him</u>. ▶ 修飾副詞 so

約翰很誠實，所以我們都很喜歡他。

❽ He is as rich <u>as you are</u>. ▶ 修飾副詞 as

他跟你一樣富有。

除❸、❻、❽ 外，其他例句的副詞子句都修飾動詞。

Ⓚ 表「目的」的副詞子句

表「目的」的副詞子句，意思是為「為了、以便」，通常用 so that、in order that 或單獨用 that 引導，其中助動詞用 may 或 can，動詞過去式用 might 或 could。

例

$$\text{Children go to school} \begin{cases} \text{that} \\ \text{so that} \\ \text{in order that} \end{cases} \text{they may learn.}$$

表目的的副詞子句或副詞片語放在主要子句的前面，通常用 in order that、in order to + V 或 to + V。

例1 <u>In order that children may learn</u>, they go to school.

<u>In order to learn</u>, children go to school.

小孩子為了學習都去上學。

例2 To provide a nonsmoking environment, many restaurants do not allow smoking inside.

為提供一個無菸的用餐環境，許多餐廳不允許室內抽菸。

上下文中的線索

英語學習者是否能依據上下文推測出生詞的含義，取決於是否能找出文章中的詞彙或句構所提供常見的線索來幫助理解，而非只靠生詞或單字本身的意思，應以整句或整段的理解為主。

「同義字／近義字」的線索（synonym or near-synonym clue）

為使前後兩句語意連貫，取樣詞義相同或相近的字詞，提供進一步的訊息，進而推測生詞的意思。平時閱讀句子時，也應注意聯繫動詞（linking verbs），像是 be 動詞，因為此類動詞本身意思不完整，其後須加主詞補語（subjective complement），來補足句子主詞的意義。

❶ This tour package is very appealing, and that one is equally attractive. I don't know which one to choose.

這個套裝行程非常吸引人，而那個同樣有吸引力。我不知道該選擇哪一個。

❷ Hyperactive children always seem to be restless.

過動的孩子總是似乎無法安靜下來。

❸ An honest person is faithful to his promise. Once he makes a commitment, he will not go back on his own word.

誠實的人會忠於他的承諾。一旦他作出承諾，就不會食言。

❹ Irene does not throw away used envelopes. She recycles them by using them for taking telephone messages.

艾琳沒有丟棄用過的信封。她將信封回收再利用，用來記錄電話留言。

同位語（appositive）通常附加在名詞之後，而指涉對象與前面的名詞同一人、同一物或同一事，其作用只是補充說明前面較艱深的名詞（如例句❶專有名詞 Robert Peary），因此英語學習者可依據同位語推測生詞的含義。

❶ Robert Peary, an intrepid explorer, was the first to reach the North Pole.

羅伯特皮爾里是第一位到達北極的勇敢探險家。

他當時一定不知畏懼，才敢下決心走上探險北極之路。句子裡的 an intrepid explorer＝Robert Peary 指同一人，有說明主詞的功能，所以是同位語。

❷ In winter, our skin tends to become dry and _____, **a problem which is usually treated by applying lotions or creams**.

Ⓐ alert　　Ⓑ itchy　　Ⓒ steady　　Ⓓ flexible

中譯	冬天時，我們常常有乾癢肌膚問題，這個情況通常以塗抹乳液或乳霜來治療。 Ⓐ 警醒的　　Ⓑ 癢的　　Ⓒ 穩定的　　Ⓓ 彈性的	
文法解說	冠詞分三類	有定冠詞 (definite) 用 the 表示	Ⓐ 有定 (definite)：意指說話人與聽話人皆知談何人、何事、何物
		無定冠詞 (indefinite)分二類，都用 a(an) 來表示	Ⓑ 有指 (specific)：說話人知但聽話人不知何人、何事、何物 Ⓒ 無指 (nonspecific)：雙方（說話人、聽話人）都不知談何人、何事、何物
	在此句的a problem的a是有指冠詞，所以只有說話人／出題者（說這句話的人）知，但考生、讀者不知，所以會問What is the problem?（「什麼問題？」或「問題指什麼、指誰？」）問題（補充說明前面）是指「肌膚乾癢」，由於是指同一事，		

	兩邊可以畫等號，所以是同位語，如圖示表示如下： N, =(a) N ▶ 指同一人、同一事、同一物
取樣	瀏覽全文，藉名詞片語a problem所引導的同位語判斷a problem 即dry and _____ skin。此外，which所引導的限定形容詞子句提供必要的資訊來說明a problem代表什麼。解題關鍵在於修飾語，因此取樣被動動詞is usually treated by applying lotions or creams（通常以塗抹乳液或乳霜來治療）。此外，也取樣名詞片語dry and _____ skin。
預測	空格內應填入和is usually treated by applying lotions or creams、dry and _____ skin語意緊密相關的字詞。既然空格內應填入和dry語意緊密相關的形容詞，依生活經驗判斷，冬季皮膚常會乾癢，這樣的情況通常以塗抹乳液或乳霜來治療，預測選項 Ⓑ dry（癢的）為可能答案。
檢驗	將 Ⓑ 選項填入空格中檢驗句意。
確認	瀏覽上下句，整體句意連貫，確認答案為 Ⓑ。本題的題型是考修飾語：同位語、形容詞子句修飾名詞。

❸ **Spending most of his childhood in Spain**, John, **a native speaker of English**, is also _____ in Spanish.

　Ⓐ promising　　Ⓑ grateful　　Ⓒ fluent　　Ⓓ definite

中譯	因為約翰在西班牙度過他童年大部分的時光，儘管他以英語為母語，但他也能說一口流利的西班牙語。 Ⓐ 有希望的；有前途的　　Ⓑ 感激的；表示感謝的 Ⓒ （尤指外語）流利的、文字流暢的　　Ⓓ 肯定的；確定的
取樣	瀏覽全文，同位語a native speaker of English（以英語為母語的人）通常附加在名詞之後，補充說明前面的專有名詞John（約翰）。解題關鍵在於修飾語，因此取樣同位語a native speaker of English。此外，現在分詞片語Spending most of his childhood in Spain是由表示「原因」的副詞子句Because John spent most of his childhood in Spain省略而來的，用以修飾主要

	因此取樣表示「原因」的修飾語Spending most of his childhood in Spain（在西班牙度過他童年大部分的時光）。
預測	因表「因果」關係，空格內應填入和Spending most of his childhood in Spain和a native speaker of English語意因果相關的字詞。依常理來推斷，約翰身為英語母語人士，英語應該講得流利，但因為約翰大部分的童年時光是在西班牙度過，西班牙語「也」（also）該和英語講得一樣流利，預測選項 **C** fluent（（尤指外語）流利的）為可能答案。
檢驗	將 **C** 選項填入空格中檢驗句意。
確認	瀏覽上下句，整體句意連貫，確認答案為 **C**。本題的題型是考修飾語：同位語、表「原因」的現在分詞片語修飾主詞。

「重述」的線索（restatement clue）

重述的線索很像同義字或近義字線索，但不同在於用字，重述的用字是用清晰易懂的字或片語去描述或解釋前面艱深難懂的字或片語，其前常用破折號（dash）或逗號（comma）或對等連接詞 and 或 or 與艱深難懂的字或片語相隔開。例如：

❶ Mike arrived at the meeting <u>punctually</u> at ten o'clock—as it was scheduled—<u>not a minute early or late</u>.
邁克按預定時間準時於十點抵達會場，一分都不差。

❷ If you want to keep your computer from being attacked by new viruses, you need to constantly <u>renew</u> and <u>update</u> your anti-virus software.
你若想讓你的電腦免受新病毒的侵襲，就須不斷更新你的防毒軟體。

❸ Howler monkeys are named for <u>the long loud cries</u>, or <u>howls</u>, that they make every day.

吼猴是因為牠們每天都發出長而響亮的叫聲，或吼聲得名。

❹ Students were asked to <u>revise</u> or <u>rewrite</u> their compositions based on the teacher's comments.

老師要求學生按照他的評語來修正或改寫作文。

❺ Microscopes are used in medical research labs for studying <u>bacteria</u> or <u>germs</u> that are too small to be visible to the naked eye.

顯微鏡在醫學實驗室裡被用來研究太小而無法被肉眼所看見的細菌或病菌。

實力驗收

測驗學生運用英語詞彙的能力，並考查學生學習成效的測驗。

Choose the answer that best completes each sentence below.

1. **As a record number of fans showed up for the baseball final**, the highways around the stadium were ＿＿＿ with traffic all day.

Ⓐ choked　　Ⓑ disturbed　　Ⓒ enclosed　　Ⓓ injected

中譯	由於球迷出席棒球決賽人數創最高紀錄，體育館周遭的公路整天都在塞車。 Ⓐ 堵塞；使窒息　Ⓑ 干擾　Ⓒ 圍住　Ⓓ 注射
取樣	瀏覽全文，表「因為」的連接詞As所引導的副詞子句和表示「以某物填充、覆蓋等」（used to say what fills, covers, etc. sth）的介系詞with所引導的副詞片語修飾主要子句的被動動詞 were ＿＿＿。解題關鍵在於修飾語，因此取樣修飾語中表「因為」的副詞子句As a record number of fans showed up（由於球迷出席的人數創最高紀錄）和表「填充」的介系詞片語with traffic all day（填滿車輛）。
預測	空格內應填入和As a record number of fans showed up、with traffic all day語意緊密相關的字詞，從生活經驗推斷，出席棒球決賽的球迷人數創最高紀錄，體育館附近的公路一定大塞車，預測選項 Ⓐ choked（堵塞）符合這個語境。 （注意）choke除了有「使窒息」的意思外，另表示「阻塞；塞滿；堵塞（通道、空間等）」（to block or fill a passage, space, etc. so that movement is difficult）。choke sth (with sth)是常見的搭配語。
檢驗	將 Ⓐ 選項填入空格中檢驗句意。
確認	瀏覽上下句，整體句意連貫，確認答案為 Ⓐ。本題的題型是考修飾語：（因果關係的）副詞子句修飾表「果」的動詞（choke）、副詞片語修飾動詞（choke）。此外，show up意思是「出現；出席」。

2. The 2011 Nobel Peace Prize was awarded _____ **to three women** for the efforts they made in fighting for women's rights.

Ⓐ actively　　Ⓑ earnestly　　Ⓒ jointly　　Ⓓ naturally

中譯	2011年的諾貝爾和平獎共同頒發給三位女士，獎勵她們為女權奮鬥所付出的努力。 Ⓐ 積極地　Ⓑ 懇切地　Ⓒ 共同地　Ⓓ 自然地
取樣	瀏覽全文，表「（引出接受者）給；予；向」的介系詞to所引導的副詞片語修飾主要子句的被動動詞was awarded。解題關鍵在於修飾語，因此取樣修飾語中的數字three（三）。
預測	空格內應填入和three語意緊密相關的副詞，從生活經驗推斷，獎項可以只頒給一人，也可以共同頒給數人，本題提到頒獎給三位女士，預測選項 Ⓒ jointly（共同地）符合這個語境。 〔注意〕award當動詞用時，意思是「授與；獎勵；頒給」，用法：award A B／award B to A意思是「授與（頒發）A（人）B（獎品等）」。 〔例〕The school awarded a scholarship to Jane <u>for</u> (因) her outstanding academic performance.／The school awarded Jane a scholarship <u>for</u> (因) her outstanding academic performance. 學校授予獎學金給珍妮，以表揚她優秀的學業成績。 〔注意〕表「獎勵、懲罰」的原因，介系詞用for，不可用because (of)。 〔例1〕The student was punished <u>for</u> cheating. 那學生因作弊而受罰。 〔例2〕On Teachers' Day we pay tribute to Confucius <u>for</u> his contribution to the philosophy of education. 我們在教師節當天對孔子表達敬意，因為他對教育體系有極大貢獻。
檢驗	將 Ⓒ 選項填入空格中檢驗句意。
確認	瀏覽上下句，整體句意連貫，確認答案為 Ⓒ 。本題的題型是考修飾語：副詞片語修飾動詞。以後遇上關鍵詞如adj.+ly+Ved(過去分詞)或Ved+adj.+ly(副詞)這是得分之匙，請依句意，選出適合語境的選項。

3. **After spending most of her salary on rent and food**, Amelia _____ had any money left for entertainment and other expenses.

Ⓐ barely   Ⓑ fairly   Ⓒ merely   Ⓓ readily

中譯	艾蜜莉亞把大部分薪水花在房租與伙食後，她<u>幾乎沒有</u>剩什麼錢可用在娛樂與其他開銷上。 Ⓐ 幾乎不；幾乎沒有 Ⓑ 公平地 Ⓒ 僅僅 Ⓓ 欣然地；樂意地
取樣	瀏覽全文，表「時間」的從屬連接詞After所引導的省略型副詞子句修飾後方主要子句動詞片語had any money left（剩錢）。解題關鍵在於修飾語，因此取樣修飾語中的spending most of her salary（把大部分薪水花在……）。還原完整的副詞子句如下：After Amelia spent most of her salary on rent and food。注意副詞barely的用法，barely any、hardly any、scarcely any均指「幾乎沒有」（almost not），通常可通用。其他例子如hardly anybody（簡直沒有什麼人）；hardly anything（簡直沒有什麼東西）；hardly anywhere（簡直沒有什麼地方）。此外，還要注意動詞spend的用法，spend A on B意指「在B（事物）上花費A（金錢）」。
預測	空格內應填入和spending most of her salary語意緊密相關的字詞，從生活經驗推斷，當一個人把大部分的錢都花在房租與伙食後，應該幾乎沒有剩下什麼錢能夠花在娛樂或其他開銷上。選項 Ⓐ barely（幾乎不；幾乎沒有）符合這個語境。
檢驗	將 Ⓐ 選項填入空格中檢驗句意。
確認	瀏覽上下句，整體句意連貫，確認答案為Ⓐ。本題的題型是考修飾語：表「時間」的副詞子句修飾主要子句的動詞（had）、否定副詞barely修飾動詞（had）。

4. Every Saturday, the library holds talks **on various _____ that include friendship, career, photography and health.**

  Ⓐ jobs　　**Ⓑ** hobbies　　**Ⓒ** products　　**Ⓓ** topics

中譯	每週六，這間圖書館會舉辦包含友情、職業、攝影、健康等各式各樣主題的談話會。 **Ⓐ** 工作　　**Ⓑ** 嗜好　　**Ⓒ** 產品　　**Ⓓ** 主題
取樣	瀏覽全文，表「關於」的介系詞on所引導的形容詞片語修飾前方的名詞talks（講座）。此外，句中由關係代名詞that所引導的形容詞子句修飾前面空格內的名詞。解題關鍵在於修飾語，因此取樣修飾語中的various（各式各樣的）、friendship（友情）、career（職業）、photography（攝影）、health（健康）。
預測	空格內應填入和various、friendship、career、photography、health語意緊密相關的名詞，從生活經驗推斷，圖書館常會舉辦各式各樣不同主題的談話會，預測選項 **Ⓓ** topics（主題）符合這個語境。注意talks (on)用來指談論的題目，相當於concerning（關於、有關……）。
檢驗	將 **Ⓓ** 選項填入空格中檢驗句意。
確認	瀏覽上下句，整體句意連貫，確認答案為 **Ⓓ**。本題的題型是考修飾語：形容詞子句修飾名詞和形容詞片語修飾名詞。

5. Hidden deep in a small alley among various tiny shops, the entrance of the Michelin star restaurant is barely _____ to passersby.

  Ⓐ identical　　**Ⓑ** visible　　**Ⓒ** available　　**Ⓓ** remarkable

中譯	這間米其林餐廳的入口隱藏在小巷弄深處的各種小店鋪間，因此路人幾乎<u>看不見</u>。 **Ⓐ** 一樣的、相同的　　**Ⓑ** 看得見的；可見的 **Ⓒ** 可得到的；可利用的　　**Ⓓ** 非凡的；顯著的

取樣	瀏覽全文，過去分詞片語用來修飾主要子句內主詞the entrance，是從表「原因」的副詞子句Because the entrance of the Michelin star restaurant is hidden deep in a small alley among various tiny shops省略而來的（參閱140頁**B**分詞片語）。此外，副詞barely（幾乎不）修飾形容詞，因為是否定字樣，解題時必優先取樣。
預測	空格內應填入和hidden deep語意緊密相關的形容詞，從生活經驗推斷，因為餐廳隱藏在小巷深處，所以幾乎不被路人看見，預測選項 **B** visible（看得見的；可見的）符合這個語境。
檢驗	將 **B** 選項填入空格中檢驗句意。
確認	瀏覽上下句，整體句意連貫，確認答案為**B**。題型是考修飾語：句首的分詞片語修飾主要子句的主詞。

6. The townspeople built a _____ **in memory of the brave teacher** who sacrificed her life to save her students from a burning bus.

(A) monument (B) refugee (C) souvenir (D) firecracker

中譯	鎮民蓋了一座紀念碑，紀念一位英勇的老師，為了將學生從失火的巴士救出來，這位老師犧牲了性命。 (A) 紀念碑 (B) 難民 (C) 紀念品 (D) 鞭炮
取樣	瀏覽全文，in memory of（為紀念誰？）所引導的副詞片語修飾動詞built（建造）。解題關鍵在於修飾語，因此取樣修飾語中的memory（紀念）、brave（勇敢的）。
預測	空格內應填入和memory、brave語意緊密相關的名詞，要建什麼來紀念英勇的老師呢？從生活經驗推斷，預測選項**A** monument（紀念碑）符合這個語境。
檢驗	將 **A** 選項填入空格中檢驗句意。
確認	瀏覽上下句，整體句意連貫，確認答案為**A**。本題的題型是考修飾語：副詞片語修飾動詞。

7. One good way to _____ questions **you don't want to answer** in a conversation is **to change the topic.**

A whip　　**B** split　　**C** litter　　**D** dodge

中譯	在談話中，想<u>閃避</u>不想回答問題的好方法就是改變話題。 **A** 鞭打；鞭策　**B** 分裂；劈開　**C** 亂丟垃圾 **D** 躲開；閃避
取樣	瀏覽全文，不定詞片語to change the topic放在be動詞is的後面當主詞補語使用，是閱讀重點，因此取樣to change the topic（改變話題）。此外，you don't want to answer前面省略了受格關代which，which you don't want to answer是限定形容詞子句，提供先行詞questions必要資訊。解題關鍵在於修飾語，因此取樣修飾語中的don't want to answer（不想回答）。 **注意** 解題時遇到否定詞not需優先取樣。
預測	空格內應填入和to change the topic、don't want to answer語意緊密相關的負面名詞，從生活經驗推斷，講話時閃避不想回答的問題，會改變話題，預測選項 **D** dodge（閃避）符合這個語境。
檢驗	將 **D** 選項填入空格中檢驗句意。
確認	瀏覽上下句，整體句意連貫，確認答案為**D**。本題的題型是考修飾語：形容詞子句修飾名詞和主詞補語修飾主詞。除此之外，還要注意way的常用句型：A way <u>to V</u> is <u>to V</u> **例** One <u>way</u> to achieve great success is to have a definite goal first and then do your best to attain your goal. 獲得極大成功的方法是：先立下一個明確的目標，然後盡力達成該目標。

8. A mad scientist in a novel is often portrayed as **a wild-eyed man with crazy hair, working** _____ **in a lab full of strange equipment and bubbling test tubes.**

Ⓐ contagiously　　Ⓑ distinctively　　Ⓒ frantically　　Ⓓ tremendously

中譯	小說中的瘋狂科學家通常被描寫成有一頭亂髮的狂熱男子，他在充滿奇異設備與冒泡泡的試管的實驗室裡發狂似地工作。 Ⓐ 有感染力地　Ⓑ 獨特地　Ⓒ 發狂似地　Ⓓ 非常地
取樣	瀏覽全文，現在分詞片語 ", working _____ in a lab full of strange equipment and bubbling test tubes." 是由非限定形容詞子句 ", who works _____ in a lab full of strange equipment and bubbling test tubes." 省略而來的，修飾前面的先行詞man。此外，man的修飾語還有複合形容詞wild-eyed（狂熱的）和當形容詞用的介系詞片語 with crazy hair（有一頭亂髮的）。解題關鍵在於修飾語，因此取樣修飾語中的wild-eyed、crazy hair。此外，也取樣主詞scientist的修飾語mad（瘋狂的）。
預測	空格內應填入和mad、crazy hair，尤其是與wild-eyed語意緊密相關的副詞，修飾動詞works。從生活經驗推斷，瘋狂的科學家，不僅想法狂熱，在實驗室裡工作時也很狂熱，預測選項 Ⓒ frantically（發狂似地）符合這個語境。
檢驗	將 Ⓒ 選項填入空格中檢驗句意。
確認	瀏覽上下句，整體句意連貫，確認答案為Ⓒ。本題的題型是考修飾語：分詞片語修飾名詞、複合形容詞修飾名詞、形容詞片語修飾名詞。 注意 描述動詞portray或describe，其語意焦點是在受詞補語（名詞擔任），而非在受詞上。其基本句型為： S+V+O+as+C-noun 例 Peter descibed John as a detective. 彼得把約翰說成是個偵探。

9. **When the fire fighter walked out of the burning house with the crying baby in his arms**, he was _____ **as a hero** by the crowd.

Ⓐ previewed　　Ⓑ cautioned　　Ⓒ doomed　　Ⓓ hailed

中譯	消防隊員抱著哭泣的嬰兒從著火的房子走出來時，被群眾<u>歡呼為英雄</u>。 Ⓐ 預演　Ⓑ 警告　Ⓒ 命中註定　Ⓓ 向⋯⋯歡呼
取樣	瀏覽全文，副詞子句When the fire fighter walked out of the burning house with the crying baby in his arms修飾後面主要子句的被動動詞was _____。此外，由介系詞as（作為；當作）所引導的副詞片語as a hero（作為英雄）也是修飾被動動詞was _____。解題關鍵在於修飾語，因此取樣修飾語中的walked out of the burning house with the crying baby in his arms（抱著哭泣的嬰兒從著火的房子走出來）及hero（英雄）。注意，選項中具有正面含義的動詞hail（向⋯⋯歡呼）會搭配as使用，如：hail sb / sth as sth，例：John was <u>hailed</u> as a hero upon his return. 約翰回來時受到英雄式的熱烈歡迎。
預測	空格內應填入和as a hero語意緊密相關的動詞，從常理推斷，消防隊員從火場救出哭泣的小嬰兒，常會受到群眾英雄式的熱烈歡迎，預測選項 Ⓓ hailed（向⋯⋯歡呼）符合這個語境。
檢驗	將 Ⓓ 選項填入空格中檢驗句意。
確認	瀏覽上下句，整體句意連貫，確認答案為Ⓓ。本題的題型是考修飾語：副詞子句修飾動詞、副詞片語修飾動詞。 （注意） 像描述動詞一樣，hail其語意焦點是在受詞補語（名詞擔任），而非在受詞上，其基本句型為： S+Vt+O+as+OC-noun

10. **The researcher warned that the results of the study needed to be interpreted with** _____ **because the sample size was not big enough to make firm conclusions.**

Ⓐ metaphor　　Ⓑ caution　　Ⓒ enthusiasm　　Ⓓ impulse

中譯	研究人員警告，研究結果需要<u>謹慎解讀</u>，因為樣本數不足以作出確切結論。 Ⓐ（修辭的）隱喻　Ⓑ 謹慎　Ⓒ 熱忱　Ⓓ 衝動
文法解說	with + 抽象名詞，形成「狀態副詞片語」，通常可替換成-ly結尾的副詞。 with care= carefully (adv.) 小心地、謹慎地 with caution= cautiously (adv.) 謹慎地 with courage= courageously (adv.) 勇敢地 with difficulty=difficultly (adv.) 困難地 with ease= easily (adv.) 輕易地、容易地 with precision = precisely (adv.) 精確地 with determination = determinedly (adv.) 決心地 with patience = patiently (adv.) 耐心地 with enthusiasm = enthusiastically (adv.) 熱情地 with grace = gracefully (adv.) 優雅地 with confidence = confidently (adv.) 自信地 with generosity = generously (adv.) 慷慨地
取樣	瀏覽全文，介系詞with引導「狀態副詞片語」修飾被動動詞be interpreted，表「原因」的從屬連接詞because引導副詞子句也是修飾被動動詞be interpreted（被解讀）。解題關鍵在於修飾語，因此取樣修飾語中的not big enough to make firm conclusions（不足以作出確切結論）。 **注意** 解題時遇到否定詞not需優先取樣。此外，也取樣動詞warned（警告）。
預測	空格內應填入和warned、not big enough to make firm conclusions語意緊密相關的字詞，從常理推斷，研究人員警告研究結果樣本數不足以作出肯定結論，因此需要謹慎解讀，預測選項 Ⓑ caution（謹慎）符合這個語境。
檢驗	將 Ⓑ 選項填入空格中檢驗句意。
確認	瀏覽上下句，整體句意連貫，確認答案為Ⓑ。本題的題型是考修飾語：副詞片語修飾動詞、表「因果」的副詞子句修飾動詞（參閱 Chapter 3 認識因果關係：BECAUSE型）。

11. Traditional Chinese medical practices include _____ remedies, **which use plants, plant parts, or a mixture of these to prevent or cure diseases.**

Ⓐ herbal　　**Ⓑ** frantic　　**Ⓒ** magnetic　　**Ⓓ** descriptive

中譯	傳統中醫療法包括藥草療法，其使用植物、植物局部，或是這兩者的混合物來預防或治療疾病。 Ⓐ 藥草的　　Ⓑ 發狂似的　　Ⓒ 有磁性的 Ⓓ 描寫的；描述性的
取樣	瀏覽全文，關係代名詞which引導非限定形容詞子句修飾先行詞remedies。解題關鍵在於修飾語，因此取樣修飾語中的名詞（片語）plants（植物）、plant parts（植物局部）、mixture of these (plants)（這兩者混合物）。
預測	空格內應填入和plants、plant parts、mixture of these (plants)語意緊密相關的字詞，根據題目所提到的植物、植物局部和混合物，可以歸納出治療所用的材料都跟植物有關，選項 Ⓐ herbal（藥草的）符合這個語境。
檢驗	將 Ⓐ 選項填入空格中檢驗句意。
確認	瀏覽上下句，整體句意連貫，確認答案為 Ⓐ，正確答案就在題目上。本題的題型是考修飾語：形容詞子句修飾名詞。

12. As David finished the last drop of the delicious chicken soup, he licked his lips and gave out sounds of _____.

Ⓐ contentment　　**Ⓑ** dominance　　**Ⓒ** explosion　　**Ⓓ** affection

中譯	大衛喝完最後一滴美味的雞湯時，他舔了舔嘴唇，發出滿足的聲音。 Ⓐ 滿足　　Ⓑ 優勢；支配　　Ⓒ 爆炸　　Ⓓ 親情；鍾愛

取樣	瀏覽全文，表「時間」的從屬連接詞As所引導的副詞子句修飾主要子句的動詞（片語）licked his lips（舔嘴唇）和gave out（發出）。解題關鍵在於修飾語，因此取樣修飾語中的動詞片語finished the last drop of the delicious chicken soup（喝完最後一滴美味的雞湯）。此外，藉標示詞and猜測前後語意呈現並列，正面的意義必須一致或相稱，取樣前面的動詞片語licked his lip（舔嘴唇）。 **注意** 介系詞片語of _____ 當形容詞用，修飾名詞sounds。
預測	空格內應填入一個和語意焦點在修飾語delicious (chicken soup)與licked his lip語意相關的名詞，依生活經驗推斷，有些人在喝完最後一滴「好喝的」雞湯，會習慣性舔了嘴唇，表示吃得很滿意，發出滿足的聲音，選項 **A** contentment（滿足）符合這個語境。
檢驗	將 **A** 選項填入空格中檢驗句意。
確認	瀏覽上下句，整體句意連貫，確認答案為**A**。本題的題型是考修飾語：and + modifier（副詞子句修飾動詞）的混合型。

13. Watch out! The bench has just been painted. You can fan the wet paint **if you want to** _____ **its drying.**

A fasten　　**B** hasten　　**C** lengthen　　**D** strengthen

中譯	小心！這張長凳才剛油漆。如果你想要讓油漆<u>快點乾</u>，可以搧風吹乾油漆。 **A** 繫牢　**B** 加速；促進　**C** （使）變長　**D** 增強
取樣	瀏覽全文，表「條件」的從屬連接詞if所引導的副詞子句修飾主要子句的動詞片語fan the wet paint（對著未乾的油漆搧風）。解題關鍵在於修飾語，因此取樣修飾語中的名詞片語its dying（它的乾燥）。
預測	空格內應填入和語意its dying緊密相關的動詞，從常理推斷，如果你想要讓油漆快點乾，可以對著未乾的油漆搧風，選項 **B** hasten（使加快）符合這個語境。

檢驗	將 Ⓑ 選項填入空格中檢驗句意。
確認	瀏覽上下句，整體句意連貫，確認答案為Ⓑ。本題的題型是考修飾語：副詞子句修飾主要子句的動詞。

14. **Rated as one of the top restaurants of the city**, this steak house is highly _____ to visitors by the tourism bureau.
   Ⓐ encountered　　Ⓑ recommended　　Ⓒ outnumbered　　Ⓓ speculated

中譯	這間牛排館獲評為本市的頂級餐廳之一，因此觀光局大力<u>推薦</u>給觀光客。 Ⓐ 遇到　Ⓑ 推薦　Ⓒ 在數量上超過　Ⓓ 猜測
取樣	瀏覽全文，過去分詞片語Rated as one of the top restaurants of the city用來修飾主要子句的主詞this steady house，但原先是從表示「原因」的副詞子句Because the steak house is rated as one of the top restaurants of the city省略而來的。解題關鍵在於修飾語，因此取樣修飾語中的名詞片語one of the top restaurants（頂級餐廳之一）。 （注意）像描述動詞一樣，rate（評比；評價；分級），其語意焦點是在受詞補語，而非在受詞上，其基本句型為：S+Vt+O+as+OC-noun （例）He is rated as one of the rich men of the city. 他被認為是這個城市的富人之一。
預測	空格內應填入與one of the top restaurants語意相關的正面動詞，從常理推斷，牛排館獲評為頂級餐廳，應該會受觀光局向觀光客強力推薦，選項 Ⓑ recommended（被推薦）符合這個語境。
檢驗	將 Ⓑ 選項填入空格中檢驗句意。
確認	瀏覽上下句，整體句意連貫，確認答案為 Ⓑ。本題的題型是考修飾語：過去分詞片語修飾主要子句的主詞。

15. Mary started her _____ **as a high school teacher** as soon as she graduated from college, and is still in love with her job at this moment.

Ⓐ vacation   **Ⓑ** motto   **Ⓒ** career   **Ⓓ** homework

中譯	瑪莉大學一畢業，就開始了中學老師的<u>職業生涯</u>，直到現在仍熱愛自己的工作。 **Ⓐ** 假期 **Ⓑ** 座右銘 **Ⓒ** 職業生涯 **Ⓓ** 家庭作業
取樣	瀏覽全文，表「作為；當作」的介系詞as所引導的副詞片語修飾動詞started。解題關鍵在於修飾語，因此取樣修飾語中擔任受詞的名詞片語high school teacher（中學老師）。此外，藉標示詞and猜測前後句語意呈現並列，意義必須相稱（career / job），取樣後句的名詞job（工作）。
預測	空格內應填入和high school teacher、job語意緊密相關的字詞，中學老師是一份工作，選項 **Ⓒ** career（職業生涯）符合這個語境。
檢驗	將 **Ⓒ** 選項填入空格中檢驗句意。
確認	瀏覽上下句，整體句意連貫，確認答案為**Ⓒ**。本題的題型是考修飾語：and + modifier（副詞片語修飾動詞）的混合型。本題動詞start，像描述動詞一樣，其語意焦點在受詞補語上，而不是在受詞上。基本句型為：S+start+O+as+OC-noun。

16. **Living in a highly** _____ **society**, you definitely have to arm yourself **with as much knowledge as possible.**

Ⓐ tolerant   **Ⓑ** permanent   **Ⓒ** favorable   **Ⓓ** competitive

中譯	生活在高度<u>競爭</u>的社會裡，你一定要盡可能多具備知識。 **Ⓐ** 容忍的；寬容的 **Ⓑ** 永久的；永恆的 **Ⓒ** 有利的；有助的 **Ⓓ** 競爭的
詞彙 解說	1. arm oneself with v. 隨身配備或具備知識 2. as much N as possible 盡可能多的 3. arm源自拉丁語arma，表「工具、武器」之意，手臂是人類

	最原始的武器。至13世紀後才傳入英語，其詞根原意為「為（機器、儀器等）安裝配件」。
取樣	瀏覽全文，現在分詞片語Living in a highly _____ society用來修飾主要子句的主詞you，但原句是從表示「原因」的副詞子句Because you live in a highly _____ society省略而來的。另外，由表示「用」的介系詞with所引導的介系詞片語修飾動詞arm（供給（人等）（用具、知識等）），用法是：arm+受+with+名，如：arm people with accurate information（提供人們正確資訊）。解題關鍵在於修飾語，因此取樣修飾語中的名詞片語as much knowledge as possible（盡可能越多知識）。此外，也取樣動詞arm。
預測	空格內應填入和arm、as much knowledge as possible語意緊密相關的字詞，從生活經驗判斷，活在高度競爭的社會中，要盡可能以知識充實自己，以增加競爭力，選項 Ⓓ competitive（競爭的）符合這個語境。
檢驗	將 Ⓓ 選項填入空格中檢驗句意。
確認	瀏覽上下句，整體句意連貫，確認答案為 Ⓓ。本題的題型是考修飾語：現在分詞片語修飾主要子句的主詞、副詞片語修飾動詞。

17. An honest person is faithful to his promise. **Once he makes a _____** , he will not go back on his own word.

Ⓐ prescription　　Ⓑ commitment　　Ⓒ frustration　　Ⓓ transcript

中譯	正直的人會信守諾言。一旦許下承諾，他就不會違背自己的諾言。 Ⓐ 處方；藥方　Ⓑ 承諾；許諾　Ⓒ 挫敗；沮喪 Ⓓ 抄本；成績單
取樣	瀏覽全文，表「條件」的連接詞Once所引導的副詞子句Once he makes a _____ 修飾主要子句否定動詞片語not go back on his own word（不會違背自己的諾言）。副詞子句需填入一名詞，語意需和not go back on his own word相關。注意，解題時遇到

	否定詞not必優先取樣。此外，藉句號（.）猜測前後句語意呈現並列，後句補充說明前句，取樣前句的faithful to his promise（信守諾言）。
預測	空格內應填入和not go back on his own word、faithful to his promise語意緊密相關的字詞，從常理推斷，正直的人會信守諾言，一旦許下諾言，就不會輕易違背，選項 **B** commitment（承諾；許諾）符合這個語境。
檢驗	將 **B** 選項填入空格中檢驗句意。
確認	瀏覽上下句，整體句意連貫，確認答案為 **B**。本題的題型是考修飾語：and + modifier（副詞子句修飾動詞）的混合型。

18. **When there is a heavy rain, you have to drive very _____ so as to avoid traffic accidents.**
    A cautiously   **B** recklessly   **C** smoothly   **D** passively

中譯	下大雨的時候，為了避免發生車禍，你必須非常<u>小心地</u>開車。 **A** 小心地；謹慎地 **B** 魯莽地 **C** 平穩地；順利地 **D** 消極地；被動地
取樣	瀏覽全文，表「時間」的從屬連接詞When所引導的副詞子句修飾後方主要子句動詞drive（開車）。另外，表「目的」的so as to 所引導的副詞片語也修飾主要子句動詞drive。解題關鍵在於修飾語，因此取樣修飾語中的名詞片語heavy rain（大雨）和動詞片語avoid traffic accidents（避免發生車禍）。
預測	空格內應填入和heavy rain、avoid traffic accidents語意緊密相關的副詞，從生活經驗推斷，為了避免車禍，下雨時開車要小心，選項 **A** cautiously（小心地；謹慎地）符合這個語境。
檢驗	將 **A** 選項填入空格中檢驗句意。
確認	瀏覽上下句，整體句意連貫，確認答案為 **A**。本題的題型是考修飾語：副詞子句修飾動詞、副詞片語修飾動詞。

19. The baby polar bear is being _____ studied by the scientists. Every move he makes is carefully observed and documented.

    A prosperously   **B** intensively   **C** honorably   **D** originally

中譯	科學家正密集地研究這隻北極熊寶寶。牠的每個動作都被仔細觀察，然後記錄下來。 **A** 繁榮地 **B** 密集地；徹底地 **C** 光榮地 **D** 起初
取樣	瀏覽全文，掃描四個選項，都是副詞，需要選擇一個語意正確的副詞來修飾過去分詞studied，**adj.+ly+p.p.**是閱讀或解題的重點，因此取樣過去分詞studied（被研究）。此外，藉句號（.）猜測前後句語意呈現並列，後句補充說明前句，取樣後句的carefully observed and documented（被仔細觀察，然後記錄下來）。
預測	空格內應填入和studied、carefully observed and documented語意緊密相關的副詞，從常理推斷，科學家仔細觀察北極熊的每個動作，然後記錄下來，代表科學家研究北極熊寶寶研究得很密集（intensively studied），選項 **B** intensively（密集地；徹底地）符合這個語境。
檢驗	將 **B** 選項填入空格中檢驗句意。
確認	瀏覽上下句，整體句意連貫，確認答案為 **B**。本題的題型是考：and＋modifier（副詞修飾被動動詞Vp.p.）的混合型。

20. Having fully recognized Mei-ling's academic ability, Mr. Lin strongly _____ her for admission to the university.

    A assured   **B** promoted   **C** estimated   **D** recommended

中譯	林老師完全認同美琳的學術能力，因此他大力推薦她進入這所大學。 **A** 向……保證 **B** 促進；促銷 **C** 估計 **D** 推薦

取樣	瀏覽全文，完成式分詞片語Having fully recognized Mei-ling's academic ability用來修飾主要子句的主詞Mr. Lin，但原句是從表「原因」的副詞子句Because Mr. Lin had fully recognized Mei-ling's academic ability省略而來的。此外，介系詞片語for admission to the university（進入該所大學）也修飾主要子句的動詞。解題關鍵在於修飾語，因此取樣修飾語中表「因」的動詞片語fully recognized Mei-ling's academic ability（完全認同美琳的學術能力）及for admission to the university。 **注意** recommend常搭配for使用，其基本句型為：recommend A to B for C（向B（人）推薦A（人）擔任C（職位、入學等））。 **例** I recommend John to the manager for the position of team leader. 我向經理推薦約翰擔任團隊領導人的職位。
預測	空格內應填入和（因）fully recognized Mei-ling's academic ability、（果）for admission to the university因果語意緊密相關的動詞，從常理推斷，老師完全認同學生的學術能力，會大力推薦學生進入大學就讀，選項 **D** recommended（推薦）符合這個語境。
檢驗	將 **D** 選項填入空格中檢驗句意。
確認	瀏覽上下句，整體句意連貫，確認答案為**D**。本題的題型是考修飾語：完成式分詞片語修飾主要子句主詞、副詞片語修飾動詞。

21. One of the tourist attractions in Japan is **its hot spring _____, where guests can enjoy relaxing baths and beautiful views**.
A resorts　　**B** hermits　　**C** galleries　　**D** faculties

中譯	日本的旅遊景點之一就是溫泉勝地，在那裡遊客可以享受令人休閒的泡湯與美景。 **A** 旅遊勝地；度假勝地　　**B** 隱士 **C** （藝術作品的）陳列室；展覽館；畫廊 **D** 才能；天賦；（高等院校中院、系的）全體教師

取樣	瀏覽全文，關係副詞where所引導的形容詞子句where guests can enjoy relaxing baths and beautiful views修飾前面主要子句中的先行詞。此外，前面be動詞is後面的主詞補語是用來補充說明主詞One of the tourist attractions（旅遊景點之一）。解題關鍵在於修飾語，因此取樣修飾語中的動詞片語enjoy relaxing baths and beautiful views（享受令人休閒的泡湯與美景）。此外，也取樣主詞中的tourist attractions（旅遊景點）。
預測	空格內應填入和enjoy relaxing baths and beautiful views、tourist attractions語意緊密相關的名詞，從生活經驗推知，可以泡溫泉的旅遊景點，很有可能是溫泉勝地，選項 Ⓐ resorts（旅遊勝地；度假勝地）符合這個語境。
檢驗	將 Ⓐ 選項填入空格中檢驗句意。
確認	瀏覽上下句，整體句意連貫，確認答案為 Ⓐ。本題的題型是考修飾語：關係副詞所引導的形容詞子句修飾名詞、主詞補語修飾主詞。 **注意** 與be動詞搭配的主詞補語都是句意的焦點，本題句意的焦點在its hot spring resorts（溫泉勝地）。

22. **To meet the unique needs of the elderly,** the company designed a cell phone _____ **for seniors, which has big buttons and large color displays.**
   Ⓐ necessarily   Ⓑ relatively   Ⓒ specifically   Ⓓ voluntarily

中譯	為了滿足年長者的獨特需求，這家公司專門為老年人設計一款手機，這款手機配有大按鍵與大彩色螢幕。 Ⓐ 必然地　Ⓑ 相當地　Ⓒ 特別地；專門地　Ⓓ 自願地
取樣	瀏覽全文，關係代名詞which所引導的非限定形容詞子句補充後面主要子句中的先行詞a cell phone，介系詞片語for seniors（為老年人）是修飾動詞designed（設計），此外，表「目的」的不定詞to引導的副詞片語修飾動詞designed。解題關鍵在於修飾語，因此取樣修飾語中的名詞片語unique needs of the

	elderly（年長者的獨特需求）、名詞片語big buttons（大按鍵）、large color displays（大彩色螢幕）。
預測	空格內應填入和unique needs of the elderly、big buttons、large color displays語意緊密相關的字詞，從生活經驗推斷，手機的大按鍵、大螢幕是專門為銀髮族所設計的，選項**C** specifically（特別地；專門地）符合這個語境。事實上試題上的unique (adj.) 已暗示考生要選副詞修飾語specifically。
檢驗	將 **C** 選項填入空格中檢驗句意。
確認	瀏覽上下句，整體句意連貫，確認答案為 **C**。本題的題型是考修飾語：形容詞子句修飾名詞、表「目的」的不定詞片語修飾動詞（designed）。

23. **Concerned about mudslides**, the local government quickly ＿＿＿＿ the villagers from their homes **before the typhoon hit the mountain area**.
A evacuated　　**B** suffocated　　**C** humiliated　　**D** accommodated

中譯	當地政府擔心土石流爆發，所以在颱風襲擊山區前，迅速地將村民撤離家園。 **A** 撤離；疏散　　**B** 使窒息　　**C** 使蒙羞　　**D** 容納
取樣	瀏覽全文，過去分詞片語Concerned about mudslides用來修飾主要子句的主詞the local government，但原句是從表「原因」副詞子句Because the local government was concerned about mudslides省略而來的，而表「時間」的從屬連接詞before所引導的副詞子句修飾主要子句動詞。解題關鍵在於修飾語，因此取樣修飾語中的分詞片語Concerned about mudslides（擔心土石流爆發）及the typhoon hit the mountain area（颱風襲擊山區）。注意，evacuate常會搭配from，如：evacuate sb (from...) (to...)，例句：We need to evacuate the residents from the flood-affected area to a safe shelter. 我們需要疏散受洪水影響的居民到一個安全的避難所。

預測	空格內應填入和Concerned about mudslides、the typhoon hit the mountain area語意緊密相關的字詞，從生活經驗推斷，颱風襲擊山區之前，當地政府擔心颱風導致土石流，會將山區民眾撤離家園，選項 (A) evacuated（撤離；疏散）符合這個語境。
檢驗	將 Ⓐ 選項填入空格中檢驗句意。
確認	瀏覽上下句，整體句意連貫，確認答案為 Ⓐ。本題的題型是考修飾語：過去分詞片語修飾主詞、副詞子句修飾動詞。

24. Mark and Lisa put an _____ in the newspaper last Saturday, **informing their friends and relatives of their wedding**.
Ⓐ enlargement　Ⓑ announcement　Ⓒ improvement　Ⓓ amazement

中譯	馬克和麗莎上週六在報紙上刊登了一則公告，通知親戚朋友他們的婚禮消息。 Ⓐ 擴大；擴充　Ⓑ 公告；布告　Ⓒ 改善；改進 Ⓓ 驚奇；驚愕
取樣	瀏覽全文，現在分詞片語 ", informing their friends and relatives of their wedding" 用來修飾主要子句的先行詞（空格），是由非限定形容詞子句 ", which informed their friends and relatives of their wedding" 省略而來的。解題關鍵在於修飾語，因此取樣修飾語中的分詞informing（通知）。
預測	空格內應填入和informing語意緊密相關的名詞，從生活經驗推斷，在報紙上刊登結婚公告，目的是通知親朋好友有關他們的婚訊，選項 Ⓑ announcement（公告）符合這個語境。
檢驗	將 Ⓑ 選項填入空格中檢驗句意。
確認	瀏覽上下句，整體句意連貫，確認答案為Ⓑ。本題的題型是考修飾語：分詞片語修飾先行詞。此外，還要注意inform的用法，其基本句型為：inform A of B，意思是「向A（人）通知B（消息等）」，例： I informed her of his success. 我把他成功的消息通知她。

25. The police officer showed us pictures **of drunk driving accidents to highlight the importance of staying** _____ **on the road**.

Ⓐ sober　　**Ⓑ** majestic　　**Ⓒ** vigorous　　**Ⓓ** noticeable

中譯	警察給我們看酒駕事故的照片，為的是強調在路上開車保持<u>清醒</u>的重要性。 **Ⓐ** 沒醉的；清醒的　**Ⓑ** 雄偉的；壯麗的　**Ⓒ** 精力充沛的 **Ⓓ** 值得注意的
取樣	瀏覽全文，表「目的」的副詞不定詞to所引導的不定詞片語修飾前面的動詞片語showed us pictures（給我們看照片），但因不定詞片語中挖空，其空格須選形容詞，須從被修飾語中找線索，因此取樣被修飾語的動詞片語showed us pictures，一般人會問：「什麼照片？」此外，形容詞片語of drunk driving accidents修飾名詞pictures（照片），解題關鍵在於修飾語，因此取樣修飾語中的drunk driving accidents（酒駕事故）。
預測	空格內應填入和修飾語showed us pictures of <u>drunk</u> driving accidents語意緊密相關的字詞，從常理推斷，警察給人們看酒駕事故的照片，為的是警惕要大家不要酒駕，drunk driving是語意的焦點，並強調在路上保持清醒的重要性，選項 **Ⓐ** sober（清醒的）符合這個語境。其反義字是drunk，【sober ≠ drunk】。
檢驗	將 **Ⓐ** 選項填入空格中檢驗句意。
確認	瀏覽上下句，整體句意連貫，確認答案為 **Ⓐ**。本題的題型是考修飾語：當副詞用的不定詞片語修飾動詞和形容詞片語修飾名詞。此外，stay是個聯繫動詞，和remain一樣，其後通常接形容詞作為主詞補語，作為本句語意的焦點。詳情請參閱第13頁找關鍵詞的祕訣2。

26. Studies have found that alcohol can cause or worsen the common _____ **of sneezing, itching, and coughing**.

Ⓐ greetings　　**Ⓑ** symptoms　　**Ⓒ** terminals　　**Ⓓ** nightmares

中譯	研究發現，酒精可能造成或惡化打噴嚏、發癢、咳嗽等常見的症狀。
	Ⓐ 問候；招呼；問候語　Ⓑ 症狀　Ⓒ 終點站　Ⓓ 噩夢
取樣	瀏覽全文，介系詞of所引導的形容詞片語修飾前面的名詞。解題關鍵在於修飾語，因此取樣修飾語中的sneezing, itching, and coughing（打噴嚏、發癢、咳嗽）。
預測	空格內應填入和sneezing, itching, and coughing語意緊密相關的名詞，這三個都是身體過敏或感冒時常會出現的症狀，選項 Ⓑ symptoms（症狀）符合這個語境。
檢驗	將 Ⓑ 選項填入空格中檢驗句意。
確認	瀏覽上下句，整體句意連貫，確認答案為 Ⓑ。本題的題型是考修飾語：形容詞片語修飾名詞。

27. Facebook, Google[+], Twitter, and LINE are **among the most popular social _____ services that connect people worldwide.**

Ⓐ masterwork　Ⓑ message　Ⓒ networking　Ⓓ negotiation

中譯	臉書、谷歌、推特和LINE是聯繫世界各地的人其中幾種最受歡迎的社群網路服務。
	Ⓐ 傑作　Ⓑ 訊息　Ⓒ 網路　Ⓓ 談判；協商
取樣	瀏覽全文，表示「在（其）中」的介系詞among所引導的介系詞片語，在be動詞之後擔任主詞補語補充說明前面的主詞，而關係代名詞that所引導的限定形容詞子句修飾先行詞services（服務），提供必要資訊。解題關鍵在於修飾語，因此取樣修飾語中的動詞片語connect people worldwide（聯繫世界各地的人）。此外，也取樣Facebook、Google[+]、Twitter、LINE。
預測	空格內應填入和connect people worldwide、Facebook、Google[+]、Twitter、LINE語意緊密相關的字詞，臉書、推特等都是可以用來聯繫世界各地的人的社群網路服務，選項 Ⓒ networking（網路）符合這個語境。

檢驗	將 **C** 選項填入空格中檢驗句意。
確認	瀏覽上下句，整體句意連貫，確認答案為 **C**。本題的題型是考修飾語：形容詞子句修飾名詞、主詞補語修飾主詞。此外，注意among的用法，among意指「在（同類的東西）之中」，常與最高級連用。 **例** 1. The mountain is <u>among</u> the highest in the world. 　　　這座山是世界上最高的山其中的一座。 　　 2. <u>Among</u> the novels, I like this one best. 　　　在他的小說中，我最喜歡這一本。

28. The passengers ＿＿＿＿ escaped death **when a bomb exploded in the subway station, killing sixty people.**

Ⓐ traditionally 　 **Ⓑ** valuably 　 **Ⓒ** loosely 　 **Ⓓ** narrowly

中譯	當炸彈在地鐵站裡爆炸，造成六十人喪生時，那些乘客僥倖地死裡逃生。 **Ⓐ** 根據傳統地；傳統上地 　 **Ⓑ** 寶貴地 **Ⓒ** 寬鬆地；鬆散地 　 **Ⓓ** 僥倖地；勉強地
取樣	瀏覽全文，表「時間」的從屬連接詞when所引導的副詞子句修飾前面主要子句動詞片語escaped death（死裡逃生），而現在分詞片語 ", killing sixty people" 是從and killed sixty people改變而成，至於如何改，請參閱141頁**Ⓑ**分詞片語**❺**。解題關鍵在於修飾語，因此取樣修飾語中的動詞exploded（爆炸）和現在分詞片語killing sixty people（造成六十人喪生）。此外，也取樣動詞片語escaped death。
預測	空格內應填入和exploded、killing sixty peoplee、scaped death語意緊密相關的副詞，依常理推斷，地鐵站發生爆炸，造成六十人喪命，能過逃過一劫的乘客，想必過程也是相當驚險的，選項 **Ⓓ** narrowly（僥倖地）符合這個語境。
檢驗	將 **Ⓓ** 選項填入空格中檢驗句意。

確認	瀏覽上下句，整體句意連貫，確認答案為 **D**。本題的題型是考副詞子句修飾動詞。此外，還要注意現在分詞取代連接詞and。 **改變前的句子：** A bomb <u>exploded</u> (V1) in the subway station and <u>killed</u> (V2) sixty people. **改變後的句子：** A bomb exploded in the subway station, killing sixty people. （請參閱141頁**B**分詞片語**5**的說明例。）

29. In winter, our skin tends to become dry and _____, **a problem which is usually treated by applying lotions or creams**.

A alert **B** itchy **C** steady **D** flexible

試題 修正	作者認為本試題題幹敘述有文法錯誤，逗點（,）後的a problem應作為逗點前的名詞的同位語，但逗點前只有形容詞dry and itchy，但a problem明顯不可能當dry and itchy的同位語，應改為dry and itchy skin比較說得通。因此，將試題修改為：In winter, we often have dry and _____ skin, **a problem which is usually treated by applying lotions or creams**.
中譯	冬天時，我們常常有乾癢肌膚問題，這個情況通常以塗抹乳液或乳霜來治療。 **A** 警醒的 **B** 癢的 **C** 穩定的 **D** 彈性的
文法 解說	冠詞 分三類	有定冠詞 (definite) 用 the 表示	**A** 有定 (definite)：意指說話人與聽話人皆知談何人、何事、何物
		無定冠詞 (indefinite)分二類，都用 a(an) 來表示	**B** 有指 (specific)：說話人知但聽話人不知何人、何事、何物
			C 無指 (nonspecific)：雙方（說話人、聽話人）都不知談何人、何事、何物

文法解說	在此句的a problem的a是有指冠詞，所以只有說話人／出題者（說這句話的人）知，但考生、讀者不知，所以會問What is the problem?（「什麼問題？」或「問題指什麼、指誰？」）問題（補充說明前面）是指「肌膚乾癢」，由於是指同一事，兩邊可以畫等號，所以是同位語，如圖示表示如下： N, =(a) N　▶指同一人、同一事、同一物
取樣	瀏覽全文，藉名詞片語a problem所引導的同位語判斷a problem即dry and _____ skin。此外，which所引導的限定形容詞子句提供必要的資訊來說明a problem代表什麼。解題關鍵在於修飾語，因此取樣被動動詞is usually treated by applying lotions or creams（通常以塗抹乳液或乳霜來治療）。此外，也取樣名詞片語dry and _____ skin。
預測	空格內應填入和is usually treated by applying lotions or creams、dry and _____ skin語意緊密相關的字詞。既然空格內應填入和dry語意緊密相關的形容詞，依生活經驗判斷，冬季皮膚常會乾癢，這樣的情況通常以塗抹乳液或乳霜來治療，預測選項 ❸ dry（癢的）為可能答案。
檢驗	將 ❸ 選項填入空格中檢驗句意。
確認	瀏覽上下句，整體句意連貫，確認答案為 ❸。本題的題型是考修飾語：同位語、形容詞子句修飾名詞。

30. The organic food products are made of natural ingredients, **with no _____ flavors added**.

    Ⓐ accurate   Ⓑ regular   Ⓒ superficial   Ⓓ artificial

中譯	有機食品是由天然的食材製成，因沒有添加任何人工調味料。 Ⓐ 正確無誤的；精確的　Ⓑ 規則的；頻繁的　Ⓒ 膚淺的 Ⓓ 人工的；假的

文法解析	介系詞with引導表「因為」的副詞片語，其結構如下： $$\text{with (因)} + \text{受詞} + \begin{cases} \text{現在分詞(主動)} \\ \text{過去分詞(被動)} \end{cases} \text{參閱74頁 G}$$ 受詞補語 ▶ 本題片語的語意焦點在added上 What a beautiful garden it is <u>with colorful flowers **blooming**</u>! ▶ 現在分詞 因有著綻放的五顏六色的花朵，這個花園多麼美麗啊！ Please don't walk <u>with your shoelaces **untied**</u>. ▶ 過去分詞 因鞋帶未綁，請別走路。
取樣	瀏覽全文，介系詞with所引導的表「因為」副詞片語修飾前面的被動動詞are made of（由……所做成，通常成品仍然保有材料或原料之形狀或性質）。取樣被動動詞片語中的修飾語的natural（天然的）。此外，也取樣主詞中的修飾語organic（有機的）。注意，解題時遇到否定詞no必優先取樣。
預測	空格內應填入和natural、organic語意緊密相關的形容詞，依生活經驗推斷，有機的食品取材天然，因不添加人工調味料，選項 **D** artificial（人工的；假的）符合這個語境。natural ≠ artificial。
檢驗	將 **D** 選項填入空格中檢驗句意。
確認	瀏覽上下句，整體句意連貫，確認答案為**D**。本題的題型是考修飾語：介系詞with引導表「因為」的副詞片語，修飾動詞are made。（參閱74頁 **G**）。 （注意）make A of B的用法，意指用B（原料）製造A（產品）。 主動句：People make the organic food products of natural ingredients.。

31. A _____ mistake found in parenthood is **that parents often set unrealistic goals for their children.**

Ⓐ terrific　　**Ⓑ** common　　**Ⓒ** straight　　**Ⓓ** favorable

中譯	在親子關係中所發現<u>常見的</u>錯誤是父母常為孩子設定不切實際的目標。 **Ⓐ** 極好的；絕妙的　　**Ⓑ** 常見的；共同的　　**Ⓒ** 直的 **Ⓓ** 有利的；有助的
取樣	瀏覽全文，名詞子句that parents often set unrealistic goals for their children在be動詞之後擔任主詞補語補充說明主詞mistake。解題關鍵在於主詞補語，因此取樣補語中的set unrealistic goals（設定不切實際的目標）。注意負面的否定詞unrealistic。
預測	空格內應填入和set unrealistic goals語意緊密相關的負面名詞片語。依生活經驗推斷，設立不切實際的目標是親子教養中常發現的錯誤（common mistake），選項 **Ⓑ** common（常見的；共同的）符合這個語境：負面的名詞片語。
檢驗	將 **Ⓑ** 選項填入空格中檢驗句意。
確認	瀏覽上下句，整體句意連貫，確認答案為**Ⓑ**。本題的題型是考修飾語：主詞補語。搭配的主詞補語都是句意焦點，本題句意的焦點在名詞子句that parents often set unrealistic goals for their children。

Chapter
6

解題法的應用：

談篇章結構

詞彙邏輯解題法是多方位的，可從「生詞、片語、句子為中心」的解題法，邁向以「整段、整篇為中心」的解題法。

　　由於字詞常無定義，隨文而變，解題時，仍要參考上下文的語境，有時還要體會字裡行間的言外之意（read between the lines）。語境中的「語」可指一個生詞、片語、句子、一段話或一段文章，而「境」可指前後句、前後段、搭配詞、溝通的場合或對象等。因而生詞與語境的搭配成了推測生詞在全句、全段中的意思，進而去瞭解全文的線索。如脫離了語境只為了擴充詞彙量，學生盲目地硬背詞彙表，或使用「講光抄、背多分」的祖傳祕方去記詞彙，這些所背會的詞彙，如同沒有靈肉的骷髏。

　　此外，句子為了要承上接下，句內或句間語法或詞彙方面的語意關係要有邏輯連接詞像是 and、but、because 或連接片語像是 because of、instead of、rather than 或者是事件之間存在的各種邏輯關係，像是並列、時間、地方、條件、目的、因果、讓步、對比、比較等。作者運用相關的連接語，為了要確定主要與從屬子句的關係，掌握全文的焦點並抓住重要的細節，以免失焦。

篇章結構分析：以112年學測為例

　　第一段作者先問了三個問題，才歸納出主題焦點：聯覺（synesthesia）。接著為了幫助英語學習者理解「何謂聯覺？」第二段一開始就為「聯覺」下定義。第三段就要進入句內或句間文意連結，句意前後連貫，運用語境線索等策略的篇章結構問題了。

Have you ever thought of "coloring" the names of the days of the week? When you listen to someone speaking, do you see a rainbow of colors? Or perhaps Mozart's music tastes like an apple pie to you? If so, it is very likely that you have synesthesia.

Synesthesia is a condition in which people's senses intermix. In some cases, people with synesthesia may experience colors when they hear, read, or even think of letters and numbers. In others, words can trigger a real sensation of taste on their tongue.

____31____ In the early 1990s, however, scientists noticed that synesthetic colors do not change over time. When asked what color is evoked by a letter or number, synesthetic people would persistently give the same answer even if tested months or years apart. __32__ The most compelling support, however, comes from brain scans, which show that color processing areas in the brain light up when these people listen to certain words.

Is synesthesia genetically inherited or acquired after birth? Scientists agree that synesthesia has a genetic basis, because it frequently runs in families. But an actual synesthesia gene (or genes) has not been identified yet. __33__ For example, the flavors people with taste-word synesthesia experience are usually childhood flavors, such as chocolate or strawberries. Also, people with color-music synesthesia more often than not have had early musical training.

Once thought to be extremely rare, synesthesia is now found to affect about one to four percent of the population. __34__ As is often observed, most of us tend to associate lower notes with darker colors and higher notes with brighter colors.

Researchers further point out that in most people synesthesia is active only during the first months of their infancy, while this ability remains forever in certain individuals.

Ⓐ This consistency serves as a proof that synesthesia is real.
Ⓑ Meanwhile, environmental influences seem to shape a person's synesthesia.
Ⓒ People with synesthesia used to be accused of making their experiences up.
Ⓓ Some studies even show that people may all be synesthetic to some degree.

你是否曾經想過將一周的星期幾的名稱「著色」呢？你聽別人說話時，你是否看到五顏六色的彩虹？或者莫札特的音樂，對你來說嚐起來像蘋果派？如果是這樣，很有可能你具有聯覺。

聯覺是一種人的感官感受混合在一起的狀況。在某些狀況下，聯覺者可能在聽到、讀到或甚至想到字母和數字時會體驗到顏色。在其他狀況下，字詞會在他們的舌頭上引發真實的味覺感受。

聯覺者過去常常被指責捏造他們的經驗。然而，在 20 世紀 90 年代初期，科學家注意到聯覺的顏色不會隨時間而改變。聯覺者被問到某個字母或數字會喚起什麼顏色時，即使在相隔數月或數年後進行測試，會持續給出相同的答案。這種一致性可證明聯覺的真實性。然而，最有力的支持來自腦部掃描。掃描顯示，當這些人聽到某些字詞時，大腦中的顏色處理區域會亮起來。

聯覺是遺傳的，還是後天獲得的呢？科學家同意聯覺具有遺傳基礎，因為它經常在家族中傳遞。但實際的聯覺基因（或多個基因）尚未找到。同時，環境影響似乎會塑造一個人的聯覺。例如，具有

味覺和字詞聯覺的人所體驗到的通常是童年的味道，比如巧克力或草莓。此外，具有顏色和音樂聯覺的人往往在早年都接受過音樂訓練。

聯覺曾經被認為非常罕見，但現在發現約百分之一至百分之四的人口受聯覺影響。一些研究甚至顯示，一般人可能都具有某種程度上的聯覺。正如常常觀察到的，我們大多數人往往將較低音與較暗的顏色聯繫起來，將較高音與較亮的顏色聯繫起來。研究人員進一步指出，大多數人來說，聯覺只在他們嬰兒時期的前幾個月內活躍，但在某些人身上，這種能力會永遠存在。

31.	取樣	瀏覽第三段，藉標示詞however（然而）猜測前後兩句雖然都用過去式但應呈現對比，取樣 not change over time（不會隨時間而改變）。 **注意** 解題時遇到否定詞not必優先取樣。
	預測	空格內應填入表示對比not change over time的字詞，依文中所描述，科學家發現聯覺的顏色不會隨著時間改變，對照本句，前句應該填入和「聯覺會隨時間而改變」相關語意的句子。因此，預測 **C** People with synesthesia used to be accused of making their experiences up.為正解。解題關鍵字在於making...up（憑空捏造），捏造的經驗往往禁不起時間考驗。
	檢驗	將 **C** 選項填入空格中檢驗句意。
	確認	瀏覽上下句，整體句意連貫，確認答案為 **C**，符合這個語境。

32.	取樣	瀏覽第三段，藉32題空格前的句號（.）猜測前後句語意應呈現並列呼應，後句解釋前句，取樣前句的動詞片語 persistently give the same answer（持續給出相同的答案）。

預測	空格內應填入和persistently give the same answer語意緊密相關的字詞，依上下文所描述，當聯覺者被問及某個字母或數字所喚起的顏色時，即使在相隔數月或數年後進行測試，會持續給出相同的答案，那表示聯覺者所給的答案有一致性，預測選項 Ⓐ This consistency serves as a proof that synesthesia is real.（這種一致性證明了聯覺的真實性。）為正解。解題關鍵字在於consistency（一致性），呼應前句的副詞persistently（持續性地）。
檢驗	將 Ⓐ 選項填入空格中檢驗句意。
確認	瀏覽上下句，整體句意連貫，確認答案為 Ⓐ，符合這個語境（consistent / persistent）。

33.

取樣	瀏覽第四段，藉33題空格前的句號（.）猜測前後句語意呈現並列呼應，此外，從舉實例時常用的詞語For example, such as得知後句說明前句，取樣後句的usually childhood flavors（通常是童年的味道）。也可從補充說明的Also後面的句子，取樣had early musical training（早期接受過音樂訓練）。
預測	空格內應填入和usually childhood flavors、had early musical training語意緊密相關的字詞，依上下文所描述，具有味覺和字詞聯覺的人所體驗到的通常是童年成長環境的味道，而具有顏色和音樂聯覺的人往往在早期接受過音樂環境的訓練。這兩個例子佐證聯覺是受到環境的影響，預測選項 Ⓑ Meanwhile, environmental influences seem to shape a person's synesthesia.（同時，環境影響似乎會塑造一個人的聯覺。）為正解。解題關鍵字在於environmental influences（環境影響）。
檢驗	將 Ⓑ 選項填入空格中檢驗句意。
確認	瀏覽上下句，整體句意連貫，確認答案為Ⓑ，符合這個語境。

34.

文法解析	1. 應注意 even (adv.) 的擺放位置，even 放在不同的位置會產生不同的語意。 **D** 選項：Some studies <u>even show</u> that people may all be synesthetic to some degree. 中的 even 修飾動詞 show。Michael Swan 在《牛津英語用法指南》一書中提到 even 的用法：even 強調出乎意料，意思是「甚至；連；即使」，even 通常和動詞連用，放在句中位置。

例1 She has finished all her homework. She has <u>even</u> finished her math assignment.
她已經完成了所有的功課，連數學作業都完成了。
▶ 不能說 Even she has finished...

例2 He knows all the capitals of the world. He <u>even</u> knows the capital of Bhutan.
他知道世界上所有的首都，連不丹的首都都知道。
▶ 強調主詞時才會把 even 放在句首。此外，even 也可以直接放在想要強調的其他字詞的前面

例3 Anybody can solve this puzzle. <u>Even</u> a toddler can solve it.
這個拼圖任何人都能解開，連幼兒都能解開。

例4 I exercise regularly, <u>even</u> on rainy days.
我經常運動，連下雨天也不例外。

例5 We haven't watched a movie for months— not <u>even</u> the latest blockbuster.
幾個月以來我沒有看過任何一部電影，連耗費巨資轟動一時的最新巨片也沒看過。

2. As is often observed, most of us tend to associate lower notes with darker colors and higher notes with brighter colors. 的原句是：
Most of us tend to associate lower notes with darker colors and higher notes with brighter colors, <u>as is</u> often observed.
　　　　　　　　　　　　　　　　　　S.　V.
as 在句中當主格關係代名詞，其前的主要子句為其先行詞。但為了避免失焦，調整句構，將句中的焦點──主要子句調整到句尾，將關係代名詞 as 所引導的形容詞子句移到句首。

<table>
<tr>
<td>文法
解析</td>
<td>

注意 此處的關代as不可用which取代，因為which所引導的形容詞子句不可移位。為了幫助讀者熟悉這個句型，請參閱下面更多例子：

例1 Cindy was an avid reader, <u>as</u> I suspected.
         O. S. V.
辛蒂是一位熱愛閱讀的人，正如我所猜想的那樣。
▶ as在句中當受格關係代名詞，其前的主要子句為其先行詞

例2 <u>As</u> could be anticipated, a background in marketing is vital for effective brand management.
如預料的那樣，市場營銷的背景對於有效的品牌管理是至關重要的。

<u>As</u> could be anticipated, a background in marketing is vital for effective brand management.的原句是A background in marketing is vital for effective brand management, <u>as</u> could be anticipated.   S. V.
as在句中當主格關係代名詞，其前的主要子句為其先行詞。但為了避免失焦，調整句構，將句中的焦點——主要子句移到句尾，將關係代名詞as所引導的形容詞子句移到句首。注意，此處的關代as不可用which取代，因為which所引導的形容詞子句不可移位。
此外，as is often the case是一個常用的片語，意思是「這是常有的事」或「正如經常發生的那樣」。

例3 As is often the case, technology advancements have revolutionized the way we communicate and connect with others.
科技進步已經徹底改變了我們與他人溝通和聯繫的方式，這是常有的事。

</td>
</tr>
<tr>
<td>取樣</td>
<td>

瀏覽第五段，藉34題空格所有可能的答案都以句號（.）結尾，猜測前後句語意呈現並列，後句解釋前句。觀察空格前句Once thought to be extremely rare, synesthesia is now found to affect about one to four percent of the population.，句中的once...now呈現昔今對比，取樣關鍵字extremely rare（過去非常罕見）和about one to four percent of the population（現

</td>
</tr>
</table>

取樣	在約百分之一至百分之四的人口，稍微多一點），下一句應找延續此句意的句子，選項 **D** Some studies even show that people may all be synesthetic to some degree.中的all（所有的）即延續上句概念，相較於extremely rare（非常罕見）和about one to four percent of the population（約百分之一至百分之四的人口），34題是這篇篇章結構的最後一題，看到選項 **D** 副詞even修飾動詞show，應試者應融入選項**D** 的語境中，體會作者要強調「沒想到；出乎意外」的弦外之音。一些研究甚至顯示出有聯覺的人遠比前一句所提到人口數百分之四還多，沒想到多到一般人（people）可能都具有某種程度上的聯覺。接著，觀察空格後句As is often observed, most of us tend to associate lower notes with darker colors and higher notes with brighter colors.，其中most of us 呼應選項**D**Some studies even show that people may all be synesthetic to some degree.中的all（所有的）的指涉。 取樣 most of us（我們大多數人）及動詞片語associate lower notes with darker colors and higher notes with brighter colors（將較低音與較暗的顏色聯繫起來，將較高音與較亮的顏色聯繫起來）。
預測	空格內應填入和extremely rare、about one to four percent of the population、most of us、associate lower notes with darker colors and higher notes with brighter colors語意緊密相關的字詞，extremely rare、about one to four percent、most of us 都呼應選項 **D** 的all（所有的），associate lower notes with darker colors and higher notes with brighter colors（specific）作為例子進一步說明be synesthetic to some degree（general）（具有某種程度上的聯覺）。預測選項 **D** 為正解。
檢驗	將 **D** 選項填入空格中檢驗句意。
確認	瀏覽上下句，整體句意連貫，確認答案為**D**，符合這個語境。

參考書目

Goodman, Kenneth S. (1967). Reading a psycholinguistic guessing game. *Journal of the Reading Specialist*, 6 (1), 126–135.

Halliday, M. A. K., & Hasan, R. (1976). *Cohesion in English*. London: Longman.

Johnson, B. E. (2001). The reading edge: *thirteen ways to build reading comprehension*. Boston: Houghton Mifflin.

King, Burt. (2008). *Practical English grammar and rhetoric*. Taipei: Crane.

Levine, A., Oded, B., & Statman, S. (1988). *Clues to meaning: Strategies for better reading comprehension*. New York: Collier Macmillan.

Paltridge, B. (2006). *Discourse analysis: an introduction*. London: Continuum.

Quirk, R., Greenbaum, S., Leech, G., & Svartvik, J. (1985). *A comprehensive grammar of the English language*. London: Longman.

Strunk, W., & White, E. B. (1999). *The elements of style* (4th ed.). Boston: Allyn and Bacon.

Thompson, G. (2004). *Introducing functional grammar* (2nd.ed.). London: Arnold.

吳潛誠。2017。《中英翻譯：對比分析法（修訂版）》。台北：文鶴。

莫建清、蔡慈娟、黃素端、洪宜紃、王麗絹、詹惠玲、許凱絨。2011。
　　《英語閱讀Easy Go》。台北：三民。

莫建清。2022。《三民精解英漢辭典》。台北：三民。

黃自來。1999。《英語詞彙形音義》。台北：文鶴。

黃自來。2017。《應用語言學與英語教學》。台北：書林。

黃宋賢。2022。《超越英文法：大量應用語意邏輯策略，以500則錯誤例
　　示，心智鍛鍊英文認知能力，一掃學習迷思！》。台北：凱信。

邁克爾‧斯旺。2019。《牛津英語用法指南：第四版》。北京：外語教學
　　與研究。

財團法人大學入學考試中心基金會英文學科能力測驗試題。

財團法人大學入學考試中心基金會英文指定科目考試試題。

財團法人技專校院入學測驗中心英文統一入學測驗試題。

教育部高級中等學校英文單字比賽測驗試題。

趣味測試網路走紅 證實漢字順序不一定影響閱讀（民102年5月6日）。
　　中國新聞網。 民112年8月4日，取自：https://www.chinanews.com.cn/
　　cul/2013/05-06/4788209.shtml

Type 1：But型

對比、反義結構（contrast: pointing out differences）

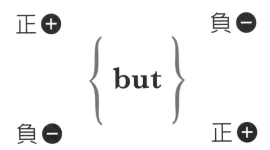

1. David felt disappointed when he found out that he could not choose his study partners, **but** would be＿＿＿ placed in a study group.
（113年學測第10題）

Ⓐ eligibly　　Ⓑ randomly　　Ⓒ apparently　　Ⓓ consequently

中譯	大衛發現自己不能選擇學習夥伴，而是被隨機編入一個學習小組時，他感到失望。 Ⓐ 有資格地；合格地　Ⓑ 隨機地；隨便地 Ⓒ 表面上；明顯地　Ⓓ 因此；所以
取樣	瀏覽全文，藉標示詞but（但是）猜測前後兩句應呈現對比的意義，取樣第一句中的否定動詞片語could not choose his study partners（不能選擇學習夥伴）。注意，解題遇到否定字not，必須優先取樣。
預測	空格內應填入表示對比could not choose his study partners的字詞，大衛不能主動選擇自己的學習夥伴，只好（被動）被人選，被人隨機編入學習小組（be randomly placed），預測選項Ⓑ randomly（隨機地）為可能答案。

檢驗	將 **B** 選項填入空格中檢驗句意。
確認	瀏覽上下句，整體句意連貫，確認答案為 **B**，正確答案就在題目上。

Type 2：Because型

因果關係（cause and effect）

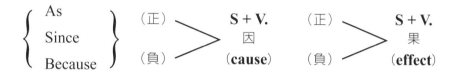

2. **As** blood supplies have fallen to a critically low level, many hospitals are making an _____ for the public to donate blood. （113年學測第9題）

A appeal   **B** approach   **C** operation   **D** observation

中譯	由於血液供應量已降至極低水平，許多醫院都在<u>呼籲民眾捐血</u>。 **A** （尤指向公眾）呼籲；懇請；求助 **B** （待人接物或思考問題的）方式、方法 **C** 手術；（有組織的）活動 **D** 觀察；監視
取樣	瀏覽全文，藉標示詞As（因為、由於）猜測前後句應呈現因果關係，前句是表「原因」的副詞子句，後句是表「結果」的主要子句，取樣前句的動詞片語have fallen to a critically low level（已降至極低水平）。
預測	空格內應填入和負面線索have fallen to a critically low level語意緊密相關的字詞，依常理推斷，許多醫院懇求百姓捐血，一定是出現血荒潮（負面），否則不會「懇求、懇請」（appeal）民眾捐血。預測選項 **A** appeal（（尤指向公眾）呼籲；懇請；求助）為可能答案。

注意 解題要注意appeal的字詞搭配： make an appeal <u>to</u> (人) <u>for</u> (事) v. 冠詞 介 介 **例** Mary <u>made</u> an appeal <u>to</u> him <u>for</u> help. 瑪麗懇求他幫助。	
檢驗	將 **Ⓐ** 選項填入空格中檢驗句意。
確認	瀏覽上下句，整體句意連貫，確認答案為 **Ⓐ**，正確答案就在題目上。

Type 3：And型

並列結構（equality of ideas）

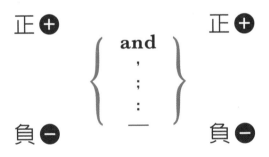

3. People who desire a _____ figure should exercise regularly **and** maintain healthy eating habits. （113年學測第1題）

Ⓐ spicy   Ⓑ slender   Ⓒ slight   Ⓓ slippery

中譯	渴望擁有<u>苗條</u>身材的人應該有規律地運動，並保持健康的飲食習慣。 Ⓐ 加有香料的；辣的 Ⓑ 苗條的；纖細的 Ⓒ 輕微的；略微的 Ⓓ 滑的；滑得抓不住的

詞彙 解說	修飾身材的相關形容詞： 　　修長（苗條的）身材：slender figure 　　瘦小的（纖弱的）的身材：slight figure 　　▶ slight 表示瘦弱的樣子。slender / slight用語音表義來看 　　/e/、/i/，/i/ 比 /e/ 更小、更細。請參閱《音義聯想單字記憶 　　法》280、287頁） 　　高大（粗壯的）的身材：stout figure 　　清瘦的身材：lean figure 本題依句意來看，規律運動，保持健康的飲食習慣，是為了追 求苗條的身材，故選 **B** slender。
取樣	瀏覽全文，藉標示詞and猜測前後語意呈現正向並列（equality of ideas），意義必須一致。找關鍵詞的順序：<u>動詞→形容詞→</u> <u>名詞</u>，因此取樣and前後具有「正向」含義的動詞片語exercise regularly（規律地運動）、maintain healthy eating habits（保持 健康的飲食習慣）。
預測	空格內應填入和exercise regularly、maintain healthy eating habits語意「正向」相關的字詞，根據生活經驗，想擁有苗條 身材的人，會規律地運動，並維持良好的飲食習慣，選項 **B** slender（苗條的；纖細的）符合這個語境。因為本題不是but 型，空格內需填入的形容詞（a **adj.**（正向）figure），不太可 能是負向的語意。（請參閱第15頁祕訣5），選項 **D** 具有負面 的含義，故不選。
檢驗	將 **B** 選項填入空格中檢驗句意。
確認	瀏覽上下句，整體句意連貫，確認答案為 **B**，正確答案就在 題目上。

4. The roasting heat **and** high _____ made me feel hot and sticky, no matter what I did to cool off. （113年學測第4題）

A density　　**B** humidity　　**C** circulation　　**D** atmosphere

中譯	無論我做了什麼來降溫，那種酷熱和高<u>濕度</u>讓我感覺又熱又黏。 Ⓐ 密度；密集　Ⓑ（空氣中的）濕度；濕氣 Ⓒ 血液循環；流傳　Ⓓ 氣氛；大氣層
取樣	瀏覽全文，藉標示詞and猜測前後語意呈現負向並列（equality of ideas），意義必須一致，取樣空格前面具有「負向」含義的名詞片語roasting heat（酷熱）。此外，也取樣擔任受詞補語中的不定詞片語(to) feel hot and sticky（感覺又熱又黏）。 （注意）使役動詞made的語意焦點是在受詞補語（由省略to的不定詞片語擔任）。
預測	空格內應填入和roasting heat、hot and sticky語意「負向」相關的字詞，依生活經驗判斷，夏天又熱又潮濕，常讓人感覺又熱又黏，hot呼應heat，sticky呼應humidity，預測選項 Ⓑ humidity（（空氣中的）濕度）符合這個語境。（請參考44頁經驗的線索，例句❷，炎熱搭配潮濕。）至於，選項 Ⓒ／Ⓓ 是中性的屬性，分不出「好」、「壞」；「正」、「負」，故不選。
檢驗	將 Ⓑ 選項填入空格中檢驗句意。
確認	瀏覽上下句，整體句意連貫，確認答案為 Ⓑ，正確答案就在題目上。

5. In some countries, military service is ＿＿＿＿＿ for men only; women do not have to serve in the military. （113年學測第6題）

Ⓐ forceful　　Ⓑ realistic　　Ⓒ compulsory　　Ⓓ distinctive

中譯	有些國家只有男性必須服兵役；女性不必服兵役。 Ⓐ 強而有力的；有說服力的　Ⓑ 現實的；實際的 Ⓒ 強制的；義務的　Ⓓ 獨特的；特別的
取樣	瀏覽全文，藉分號（;）猜測前後句意義須呈現並列（equality of ideas），分號代替對等連接詞，連接兩個關係緊密的子句，取樣後句的否定動詞片語do not have to serve in the

	military（不必服兵役）。注意，解題遇到only，必須優先取樣，only是句意的焦點，only修飾男性，強調只有男性須服兵役，由此觀之，有些國家當兵是強制的，非當不可。
預測	空格內應填入和do not have to serve in the military、for men only語意緊密相關的字詞，大多數國家的女性都不必服兵役，而男性剛好與之相反，有服兵役的義務（have to serve in the military），預測選項 **C** compulsory（強制的；義務的）符合這個語境。注意，compulsory呼應have to（必須）。
檢驗	將 **C** 選項填入空格中檢驗句意。
確認	瀏覽上下句，整體句意連貫，確認答案為 **C**，正確答案就在題目上。

Type 4：Modifier型

修飾語（**A modifier** is a word, a phrase, or other sentence elements that describe, qualify, or limit another element in the same sentence.）

做題時需要留意的修飾語：
A 同位語
B 分詞片語
C 主詞補語
D 形容詞
E 形容詞子句
F 介＋名（形容詞片語）
G 副詞／副詞片語／副詞子句

6. Watching the sun _____ from a sea of clouds is a must-do activity for all visitors to Ali Mountain. （113年學測第2題）

Ⓐ emerging　　Ⓑ flashing　　Ⓒ rushing　　Ⓓ floating

中譯	觀看太陽從雲海中浮現是所有阿里山遊客必做的活動。 Ⓐ （從陰暗處、水中等）顯露；出現 Ⓑ （使）閃耀；閃光　Ⓒ 急衝；匆忙行事　Ⓓ 浮動；漂流
文法解說	watch後接「動態」事務，意指「觀賞」或「注意某人做某事」，可接現在分詞-ing擔任受詞補語。（受詞補語是語意的焦點，怪不得，出題者往往在補語位置挖空，請參閱第14頁祕訣4。） **例** They watched the sun setting behind the mountain. 　　　　　　V　　　O　　　OC 他們看著夕陽從山後落下。
取樣	瀏覽全文，表「（表示來源）來自、源於、出自」的介系詞from所引導的副詞片語修飾空格中的現在分詞片語。解題關鍵在於修飾語，因此取樣副詞片語from a sea of clouds（從雲海中）。此外，主詞補語也是解題關鍵，因此取樣名詞片語a must-do activity for all visitors to Ali Mountain（阿里山遊客必做的活動）。注意，emerge常見的搭配介系詞是from。
預測	空格內應填入和from a sea of clouds、a must-do activity for all visitors to Ali Mountain語意緊密相關的字詞，依經驗的線索，旅遊人士去冰島，就是看極光，去阿里山，就是看日出等，選項 Ⓐ emerging（（從陰暗處、水中等）顯露；出現）符合這個語境。
檢驗	將 Ⓐ 選項填入空格中檢驗句意。
確認	瀏覽上下句，整體句意連貫，確認答案為 Ⓐ。本題的題型是考修飾語：副詞片語修飾現在分詞、主詞補語補充說明主詞。

7. Do you know what time the next bus is _____? I've been waiting here for more than 30 minutes. （113年學測第3題）

Ⓐ apt　　Ⓑ due　　Ⓒ bound　　Ⓓ docked

中譯	你知道下一班公車幾點到達嗎？我已經在這裡等了三十多分鐘了。 Ⓐ 恰當的；易於……；有……傾向 Ⓑ （交通工具等）預定到達的；（票據等）到期的；期滿的 Ⓒ 一定會；受（法律、義務或情況）約束的 Ⓓ （使船）進港、停靠碼頭
詞彙 解說	be due (adj.)：due放在be動詞之後當主詞補語，意思是「（交通工具等）預定到達的」、「（票據）等到期的」、「期滿的」。主詞補語是語意的焦點，怪不得出題者在主詞補語上挖空。(請參閱第76頁❶ due to。) **例** The next train to Keelung is due (to arrive) here at 3 o'clock. 開往基隆的下一班車將於三點抵達。 ▶ 因due已含有「到達」之意，所以to arrive必須省略。 原句是：Do you know what time the next bus is due (to arrive)? 其他選項都不可以接to arrive，接上語意不通。
取樣	瀏覽全文，空格內需填一個形容詞在be動詞之後擔任主詞補語補充說明主詞the next bus。解題關鍵在於主詞補語，但主詞補語挖空，因due的語意與「時間」有關，所以取樣疑問詞what time（幾點）。此外，後句說明前句，取樣現在分詞waiting（等待）和副詞片語for more than 30 minutes（三十多分鐘）。
預測	空格內應填入和what time、waiting...for more than 30 minutes「時間」語意緊密相關的形容詞。依生活經驗推斷，人在等公車時，等了三十多分鐘，一定會想問下一班公車什麼時候會到達，選項 Ⓑ due（（交通工具等）預定到達的）符合這個語境。
檢驗	將 Ⓑ 選項填入空格中檢驗句意。
確認	瀏覽上下句，整體句意連貫，確認答案為 Ⓑ。本題的題型是考修飾語：主詞補語。

8. Artwork **created by truly great artists** such as Picasso and Monet will no doubt _____ the test of time. （113年學測第5題）

Ⓐ stay　**Ⓑ** take　**Ⓒ** serve　**Ⓓ** stand

中譯	畢卡索和莫內等真正偉大的藝術家所創作的藝術品無疑地會經得起時間的考驗。 **Ⓐ** 停留；待　**Ⓑ** 攜帶；拿走 **Ⓒ** （為……）服務；接待（顧客等） **Ⓓ** 經受；承受；經得起
取樣	瀏覽全文，過去分詞片語用來修飾主要子句內主詞Artwork（（尤指博物館裡的）藝術作品），是由形容詞子句which was created by truly great artists such as Picasso and Monet省略而來的，修飾語是解題關鍵，取樣副詞修飾形容詞truly great (artists)（真正偉大的（藝術家）），adj.+ly(副詞)+adj.中的副詞是語意焦點，因此優先取樣truly great。
預測	空格內應填入和created by truly great artists、Picasso、Monet語意緊密相關的字詞，從常理來推斷，畢卡索和莫內等真正偉大的藝術家所創作的藝術品，必定能夠經得起時間的考驗，若經不起時間的考驗，該藝術家並非「真正的偉大」，預測選項 **Ⓓ** stand（經受；承受；經得起）符合這個語境。注意，stand the test of time（經得起時間的考驗）是常見的慣用語，參閱《BBI英語搭配辭典》，第339頁。
檢驗	將 **Ⓓ** 選項填入空格中檢驗句意。
確認	瀏覽上下句，整體句意連貫，確認答案為 **Ⓓ**。題型是考修飾語：副詞修飾形容詞、形容詞修飾名詞。參閱第16頁祕訣6。

9. The team complained that its leader always took the _____ for all the hard work done by the team members. (113年學測第7題)

Ⓐ advantage **Ⓑ** revenge **Ⓒ** remedy **Ⓓ** credit

中譯	該小組抱怨說他們的組長總是把組員的努力都歸功於自己。 Ⓐ 有利因素；優勢 Ⓑ 報復；報仇 Ⓒ 療法；解決方法 Ⓓ 讚揚；讚許；榮譽
取樣	瀏覽全文，介系詞引導的副詞片語修飾動詞片語took the _____。解題關鍵在於修飾語，因此取樣副詞片語for all the hard work done by the team members（組員所做的一切辛苦工作）。注意，take the credit for... 是一個常見的慣用法，意思是「（尤指有他人協助卻）因……而獲得光榮（稱讚），被認為有……功勞」。 **注意** 此處的for表「原因」，但不可用because (of)代替。 **例** She always takes the credit for the successful completion of our team projects, even though everyone contributed equally. 她總是把我們團隊計畫的成功完成都歸功於自己，即使每個人的貢獻都一樣多。
預測	空格內應填入和for all the hard work done by the team members語意緊密相關的字詞。從慣用法take (the) credit for...和句意（本題complained（抱怨）一出現，就知道句意是負面的），得知組長總是把組員所做的所有辛苦工作都歸功於自己，選項Ⓓ credit（讚揚；讚許；榮譽）符合這個語境。
檢驗	將 Ⓓ 選項填入空格中檢驗句意。
確認	瀏覽上下句，整體句意連貫，確認答案為 Ⓓ。本題的題型是考修飾語：副詞片語修飾動詞。

10. ► **Located at the center of the city,** the business hotel _____ not only good service but also convenient public transport. （113年學測第8題）

Ⓐ proposes **Ⓑ** contains **Ⓒ** promises **Ⓓ** confirms

中譯	該商務飯店位於市中心，（保證）不僅服務周到，而且也有便利的大眾運輸。 **Ⓐ** 提議；求婚 **Ⓑ** 包含；容納 **Ⓒ** 承諾；保證 **Ⓓ**（尤指提供證據來）證實；確認
取樣	瀏覽全文，過去分詞片語Located at the center of the city（位於市中心）用來修飾主要子句內主詞the business hotel（商務飯店），是從表「原因」的副詞子句Because the business hotel is located at the center of the city省略而來的。解題關鍵在修飾語，因此取樣過去分詞片語Located at the center of the city。注意，本題表「結果」的主要子句中由對等連接詞not only...but also所引導的not only good service（正）but also convenient public transport（正）表達「正向」含義。為什麼會有這樣的結果，因為飯店位於市中心（Located at the center of the city）具有「正向」含義。
預測	空格內應填入和Located at the center of the city語意緊密相關的形容詞，從生活經驗推斷，位於市中心的商務飯店，具有便捷的交通，且因競爭較激烈，會提供優質服務，預測選項 **Ⓒ** promises（承諾；保證）符合這個語境。
檢驗	將 **Ⓒ** 選項填入空格中檢驗句意。
確認	瀏覽上下句，整體句意連貫，確認答案為 **Ⓒ**。題型是考表「因果」的修飾語：句首的過去分詞片語修飾主要子句的主詞。注意：在統測、學測、指考考題裡，句首的分詞片語的句意幾乎都是表「原因」，請參閱第140頁**Ⓑ**。

加入晨星

即享『50元 購書優惠券』

── 回函範例 ──

您的姓名： 晨小星

您購買的書是： 貓戰士

性別： ●男 ○女 ○其他

生日： 1990/1/25

E-Mail： ilovebooks@morning.com.tw

電話／手機： 09××-×××-×××

聯絡地址： 台中 市　西屯 區

工業區30路1號

您喜歡：●文學/小說 ●社科/史哲 ●設計/生活雜藝 ○財經/商管

（可複選）●心理/勵志 ○宗教/命理 ○科普 ○自然 ●寵物

心得分享：

我非常欣賞主角…

本書帶給我的…

"誠摯期待與您在下一本書相遇，讓我們一起在閱讀中尋找樂趣吧！"

國家圖書館出版品預行編目（CIP）資料

英語詞彙語意邏輯解題法：哇賽!正確答案竟然就在題目上,教你精準找出關鍵字,答題又快又正確!/莫建清, 楊智民, 陳冠名作. -- 初版. -- 臺中市：晨星出版有限公司, 2024.04

208面 ;16.5×22.5公分. -- (語言學習 ; 43)

ISBN 978-626-320-781-3(平裝)

1.CST: 英語 2.CST: 讀本

805.18   113001249

語言學習 43
英語詞彙語意邏輯解題法
哇賽！正確答案竟然就在題目上，
教你精準找出關鍵字，答題又快又正確！

作者	莫建清、楊智民、陳冠名
編輯	余順琪
編輯助理	林吟築
影片教學	黃怡君、楊智民
封面設計	耶麗米工作室
美術編輯	陳佩幸

創辦人	陳銘民
發行所	晨星出版有限公司
	407台中市西屯區工業30路1號1樓
	TEL：04-23595820　FAX：04-23550581
	E-mail：service-taipei@morningstar.com.tw
	http://star.morningstar.com.tw
	行政院新聞局局版台業字第2500號
法律顧問	陳思成律師
初版	西元2024年04月01日

讀者服務專線	TEL：02-23672044／04-23595819#212
讀者傳真專線	FAX：02-23635741／04-23595493
讀者專用信箱	service@morningstar.com.tw
網路書店	http://www.morningstar.com.tw
郵政劃撥	15060393（知己圖書股份有限公司）

印刷	上好印刷股份有限公司

定價 320 元
（如書籍有缺頁或破損，請寄回更換）
ISBN：978-626-320-781-3

Published by Morning Star Publishing Inc.
Printed in Taiwan
All rights reserved.
版權所有．翻印必究